追尋真相
學園的偵探們

CONTENTS

序曲

「這一切，都在我的安排之中。」少女站在校舍的屋頂，任狂風吹亂她那頭烏黑的短髮。她銳利的雙眼凝視著遠處，等待著早已安排好的佈局。

「從每一個人各自的考量，到各團體之間的關聯牽扯，都在我的計算之內。嘔心瀝血設計的場景，當然還有最重要的、演出這部戲劇的主角們。在我的精心安排之下，一切都已經萬事具備。」她一邊呢喃著，臉上露出自信而堅定的微笑。

「本來應該是這樣……應該要這樣才對。」只是她正緊握的手，現在被汗水給浸濕了。從那個男人從懷中掏出手槍，並且打碎了賴湘吟精心策劃的棋局的那一刻，她堅定而自信的側臉上，就留下了汗水的痕跡。

只是……

「還沒結束。如果是由她來主導的話，就還有勝算！」

還沒到放棄的時候。

乃芯之一：隊長的接班人

「那、那麼，今天的會議就到、到此結束。謝謝大家。」

隨著乃芯這番話，所有人都無聲的站了起來，默默的離開了自己的位置，結束了週一早上的例會。雖然這副景象對以往的她來說，應該早就習以為常了才對，可是今天，她卻感到無比的寂寞。

昨晚，乃芯從學姐蔡欣澄的手中接下了代表隊長職務的臂章。那時，乃芯覺得自己的心中不但絲毫感覺不到愉快以及祝福，反而是充滿了疑惑。

雖然說她也明白，欣澄學姐已經進入升學考試的最後衝刺期，將隊長的職務轉交出來也是無可厚非。但是她卻不明白，這個職務怎麼會交到自己的手上。

那個平凡、脫線、容易緊張的自己。

在掌聲中，她幾乎可以肯定的看見接下來的自己，將會有一段艱辛得宛如在針山上爬行的過程。而且她相信，當時也同在現場的夥伴們也都這麼認為。

「別一臉快哭出來的樣子。」

她的副手賴湘吟用一副宛如看著路邊小貓的同情眼神看著乃芯，說著說著便嘆了口氣。

「真沒想到妳竟然會給自己那麼大的壓力。」她將手邊的資料一股腦兒塞到書包裡，順手從書包裡拉出一份因為亂塞而嚴重變形的早餐三明治，猛得往一旁的椅子上再度坐下，馬上大口大口的吃了起來。

「圖書館」，一個被學生們視為無限學園內最大謎團的團體，關於這個團體的傳聞有非常多種，流言蜚語也從來沒有間斷過。但與其說它是一個社團、一個單位，不如說它是一個祕密結社，一個將學園從最表相的一切，到學園最核心、最古老的祕密都記錄傳承下來的「紀錄者」，同時也是學園中最大的情報擁有、販賣者。

乃芯接下的，就是這個神祕的組織「圖書館」其中一個專司調查的小組「梅組」組長的位置。

想當初，乃芯會加入「圖書館」，就是因為前隊長蔡欣澄親自邀約之故。一直以來，欣澄的存在在這個團隊中不單單只是代表著隊長的角色，同時也像是整個團隊的大姊，不但讓團隊在運作上有著像一家人一般的連結，更是整個團隊的精神象徵。

不過，這樣的共融也只到昨天為止而已。

因為欣澄的退位，整個團隊突然就像從枝頭上紛紛斷裂的枯枝，乾硬得粗糙不堪，卻又極脆易碎。乃芯完全不明白，為什麼只不過經過了一個晚上，大家的情感之間彷彿抹上了灰，交接後的第一次週一例會中，每個人都跟死魚一樣上吊眼，會議中更是一片死寂。

「其實，大家不就是跟妳一樣困惑嗎？」

「咦？」

「說真的，沒有人知道為什麼欣澄會將隊長交接給妳，也沒人想到她會一瞬間就退到局外。大概所有人都還不懂吧！妳就放寬心，反正再糟糕也不會糟糕到哪裡去。」

湘吟看著苦惱的乃芯，將最後一口早餐丟到口中，隨意的抹了抹嘴角，就站起身來拍了拍乃芯的肩膀。她似笑非笑的表情，非但沒有給乃芯安慰的感受，反倒是讓她的困惑又更深了些。

「湘、湘吟同學，我沒想過妳的個性會是這個樣子……」

「什麼樣子？妳是說反社會資訊宅嗎？」

本來轉身過去收拾的湘吟突然回過頭來，讓乃芯被她的眼神嚇得瑟縮了一下。

「唉呀，妳就當我一直都偽裝得很好就好了。反正啊，我早就知道妳沒那麼快能勝任欣澄的工作，妳放心吧，我會盡我的職責，好好輔助妳的。」

湘吟回過頭去，將最後的東西全都塞進書包裡面，然後示意乃芯一起離開。而乃芯則是早就將所有的東西都整理好了，於是便跟著湘吟的腳步，從圖書館十樓的大螺旋梯慢慢的往下走去。

不過，雖然這個她的「副手」是這麼說，乃芯依然心中充滿了許多不安。

其實，「圖書館」這個組織之神祕，連旗下的成員都並不全然知情。雖然同一個團隊的人彼此都相互認識，但是在與其他團隊的接觸上，卻只有副隊長以上的層級有這個權限。所以不同團隊之間的人，就連誰同是「圖書館」的成員都不知道。

當然，這些與其他團隊接觸的事務先前乃芯並不知曉，所以在昨天傍晚的隊長交接典禮過後，她的手機中馬上就收到了一大堆匿名的資訊。有些是要與其他正副隊長會談的邀約，有些則是「圖書館」情報網絡的相關訊息，但這些事情她至今一概都不清楚。

或者乾脆的說，事情來得太快，這讓一直以來都是步步為營的乃芯感到無所適從。

這才是最大的問題所在。

「妳就放心吧！反正暫時還沒有太多需要擔心的事情。而且與其他小組會面的時候我也會在，妳就別想太多了。」

直到湘吟回過頭來，乃芯才發現兩人已經不知不覺從十樓走到了一樓。這時，時間已經接近早自習前的下課鐘，從中央教學大樓的大廳往四面八方的落地窗外看，已經能夠看到許多學生陸續進入校舍區，嘻笑打鬧的聲音也逐漸開始甦醒。

湘吟再次輕拍了乃芯的肩膀，就邁開腳步自行走向西側教學大樓，也就是二年級的教室區。而乃芯則是愣了一下，心想著如果暫時沒有需要擔心的事情就好了。

這時，早自習前的下課鐘恰好響起，才讓乃芯從呆楞中回過神來，發現自己的手機正傳來微弱的振動。她從裙子的口袋中掏出了手機，順手輸入了圖形鎖，只看見在下拉的選單中出現了一個小小的信封符號。

是個匿名的訊息。又是「圖書館」的消息。

乃芯抬頭看向湘吟離去的方向，卻詫異的發現她還站在不遠的地方，小小的背影矗立在空曠的中央教學大樓入口旁，顯得非常的突兀。那低著頭彷彿正看著什麼的姿勢，一絲異樣的感覺馬上讓乃芯冒了一身冷汗。

驚惶間，她急忙將匿名的訊息點開。雖然訊息只有短短的一行文字，但她緊握手機的那隻手，卻不自覺得發起抖來。

那是足以顛覆剛才湘吟安慰她的所有話語，同時，也顛覆了她至今對「圖書館」所有調查案件認知的一則訊息。

「高中部升學試題流出，調查即刻開始。」

冠傑之一：少年的際遇

對冠傑與郁柔而言，今天是個與平常無異的早晨。

冠傑與郁柔還有父母一同在飯桌前吃早餐。父親板起嚴肅的面孔，默不作聲地喝著一如往常的咖啡，母親正在和郁柔閒聊著在學校發生的瑣事，兩人談到有趣的話題都笑得合不攏嘴，而冠傑則是注視著她們倆，不時將視線移到早餐上，一會又看向父親的方向。

這一天，一如往常。

郁柔在匆忙吃完早餐之後就準備出門。今天比之前還要更早，似乎有聽郁柔說過是因為值日生的工作緣故，冠傑如此心想，同時回憶起之前也曾在國中部的時光，除了感到時光飛逝，更重要的是，他覺得自己的妹妹總是如此活力充沛，無論幾次都覺得有趣。

回首國中時期，冠傑似乎也未曾交上什麼知心朋友，當然女朋友也是沒有過的，是否是個性比起郁柔而言太過內向，還是該說是自己太過陰鬱了呢。他並不是特別明白，世界上本來就有很多事情是想再多也無法釐清的。

在自己吃完早餐之前，父親也跟著出門了，一向個性沉穩的他，出門的時候也只是說了聲：「我出門了」，就這麼關上了家中的門，比起郁柔每次出門的「出門啦！要想我喔。」兩者差異極大，不過，該說是遺傳的緣故嗎，自己的確是遺傳到了父親的這種性格，冠傑如此暗忖，一邊想著，一邊又覺得真是如此，郁柔與母親的個性也很像，兩個人都是比較開朗的類型。

話說回來，郁柔忘記把便當帶出門了，總是那麼活力充沛不見得是件好事，至少對這種事情也得留意點心吧！「看來只能幫忙帶去國中部了」冠傑心想，於是就這麼準備出門。一把門扉拉開，耀眼的陽光隨即就透射了進來，今天還是一慣的好天氣，蒼穹中似乎毫無雲朵，光芒直接打在地面。

一如以往的普通日常，如果能夠持續維持下去該有多好。冠傑想著這樣無所謂的事情，一邊走在通往學校的路上，一邊手持著郁柔的便當，那用粉紅色包巾包裹住的便當盒傳來內容物的溫度，包巾上點綴的黃色花朵，是郁柔很喜歡的款式。

記得那是在小時候，他與郁柔兩人跑去夜市，看到一間攤販所賣的包巾，仔細一想，為何夜市會擺這種東西，比起周遭的小吃以及遊戲，這間幾乎是賣著各式布類的攤販似乎頗為突兀，大到地毯、桌巾、小到包巾、抹布都有，其實這次來是郁柔為了帶他來看新的遊戲，可是在經過這間攤販時被這個包巾吸引目光，得知那是拿來包東西用的以後，郁柔看起來似乎很喜歡，而僅比郁柔稍長三歲的冠傑，便用自己的零用錢買了這個包巾給她。

直到現在，郁柔依舊非常喜歡那個包巾，一直以來與冠傑的關係也是十分要好。他們兩人都出生在一個溫暖的家庭，父母健在。父親在一間公司當上班族，母親在結婚之後辭去了原本的工作在家當職業婦女，無論對冠傑還是郁柔來說，即便日子並無太大起伏，沒有如少年漫畫的熱血劇情，以及少女漫畫般的美好邂逅，但這樣的生活也算差強人意，對這家子的人而言，生活就是這麼一回事。

冠傑走了一陣子以後，就到了他與郁柔就讀的學校——無限學園。學生幾乎都是往上直升，從國小到國中、高中、大學，所以校內也是應有盡有，提供學生飲食的餐廳、商店、飲料店，劃分為數個區塊的地方也常常可見看似中學生的人以及大學生彼此擦肩，在這個學園當中，每個人都有屬於自己的家庭以及各自的故事，已經可以算是一個小型社會了。

而冠傑往國中部的方向走去，由於尚未開始上課，拎著早餐、揹著厚重背包與友人並肩而行的國中生在走廊走著。踏著地面，冠傑想起當初也是走著這樣的一條路上課，只不過自己並沒有與別人特別交好，當然也沒有交惡，只是自己比較不善於與他人接觸罷了。

隨著步伐，冠傑穿過幾間國中部的教室，裡頭的學生偶爾走動與同學細語聊天，有的坐在位子上默默吃著早餐、有的則是早已翻開書本在念書，他也發現，有些學生坐在角落的座位，像是觀望其他與人聊天的同學，手肘貼在桌上，手掌托著腮幫子。

冠傑以前也是這樣，他想著，從前自己並非不奢望自己有朋友，但是似乎做什麼都是徒勞，他們那時玩的網路遊戲，他沒有玩，所以沒有話題；他們看的少年漫畫，他沒有看，所以沒辦法參與其中，隨著與他人的日漸疏離，自己也近乎自暴自棄似的放棄友誼，坐在自己一個人的座位，像是班上的局外人般，觀望著班上發生的一切。

他突然覺得心頭一陣酸澀，於是撇過頭，繼續向前走去，終於到了郁柔的班級。

但是，當他站在窗外往教室內看的時候，發現郁柔正在和一位女同學說話，那位女同學有著淡咖啡色的長直髮，膚質看似白皙的鵝蛋臉，雙瞳像是哭過了一樣，略為發紅。郁柔面露擔憂的神情，反坐在那位女同學前方的椅子上，而女同學一語不發，只是凝視著桌上，又好似沒有將視線聚焦在任何一處。

這個時候是否該進去，但好像時機不太對，可又不能不把便當交給妹妹，於是他鼓起勇氣走進教室。他透過眼角餘光注意到其他同學投射過來的目光，感覺有點不自在，但畢竟自己穿著高中部的制服，所以這也是沒有辦法的事情。

在即將走到郁柔位子上的時候，郁柔似乎發現了背後靠近的身影便轉過頭來，注意到冠傑站在那裡，還一臉疑惑地問道：「哥哥來這做什麼？」但發現他手上提著的便當就明白了，接著說：「抱歉，我早上走的太急就忘記了。」

「沒事，只是小事情而已。」冠傑一邊這麼開口，同時將便當放在郁柔的座位上，然後用細弱蚊鳴地聲音在郁柔的耳邊說：「那個女生是怎麼一回事？」

郁柔將視線移到那個同學那裡，而對方卻仍舊低頭不語，甚至目光也不在自己身上，她又將視線轉到冠傑的方向，以同樣細微的聲音回答：「有空再和你說，快上課了，先回去吧。」

看來不是什麼好解決的事情啊！冠傑心想。於是他便與妹妹告辭，往高中部的方向走去。當進入教室的時候，學園的鐘聲剛好響起。

今天一整天，上課的時候冠傑的腦海總會不時閃過今早發生的事情，不曉得為什麼，他聯想起妹妹小時候，曾因為自己買的娃娃不見而嚎啕大哭，那是在冠傑剛升上國中的事情了。而當時的他花了不少時間安慰妹妹，但由於自己並不擅長安慰，花上了比預計更多的心力才讓妹妹快樂起來。

好吧，或許功勞是父母答應再買一個新娃娃的緣故，但冠傑相信自己也有一份功勞，至少事後妹妹還有和他道謝，比起一開始什麼都沒做，有對於他人伸出援手的話，想必對方也能理解自己的苦心吧。而現在看到郁柔能夠去安慰別人，總覺得多少感到一些欣慰，冠傑是這樣想的。

有時候，即便事情沒有改變，但周遭的人給予自己的關愛，也能夠成為打起精神的動力，不是嗎？

放學之後，冠傑站在學園的門口等待國中部的妹妹，這是一直以來習慣。其實有一方面也是為了要趕走妹妹的追求者，這是他自己這麼想的。雖然妹妹才就讀國中，其實已經有幾個想追求她的人了，冠傑一直不得其解。

即便對妹妹來說，現在與他人交往或許還尚嫌過早，但一想起自己直到現在還沒有女生喜歡自己，就不由得一陣苦笑。

想著這樣無所謂的事情，他注意到今天早上在郁柔的教室裡看到的那個女孩。原以為經過一天的時間，她會慢慢打起精神，但她從學園走出時的面容，看起來比起早上還要更為蒼白，或許只是光線的緣故吧，她那原本就頗為白皙的肌膚，在陽光下顯得更沒血色，目光似乎只是望著地面，揹著背包向前走著。

冠傑漠然地看著她走遠，不由得心頭一沉，同時等待著妹妹，沒過多久，看起來也是略為疲倦的妹妹從學園內走出，她勾起冠傑的臂膀，一邊和冠傑說：「哥哥，等很久了嗎？」

「不會。」冠傑說著，並將目光放在郁柔的臉上，隨即又轉開繼續與她往回家的路上走去，「妳看起來也很累的樣子。」

郁柔皺緊了眉梢。

「也？」

「我剛剛看到妳那個同學，看起來也很疲倦，而且心情好像完全沒有好轉。」冠傑把他剛才看到的情況說給郁柔聽了以後，郁柔露出比起剛才更為陰沉的表情，「看來妳的安慰好像沒什麼用？」

語畢，冠傑的手臂被大力捏了一下。

「說這什麼話，我也很努力了啊。」郁柔有些憤恨不平，但她自己也多少明白，冠傑說這番話多少是出自於玩笑，也就沒有那麼生氣了。

她與冠傑並肩走著，難得她沒有像以前的每天一樣，嘻笑著談論上課發生的趣事，也沒有提及任何關於追求者、學業的事情。冠傑突然產生一種錯覺，好像以前的郁柔都是假的，現在沉默不語的樣貌才是真的，還是說，平常自己所看到的郁柔，其實只是一種為了避免他人擔心的偽裝？

冠傑胸口緊縮，好似想說些什麼，可是喉嚨有什麼東西阻塞，感覺卡在那裡說不出話來。他只覺得有點難受，不管是剛才想到的事情，還是早上發生的事情都一樣。然而，在他想著這樣的事情的同時，沉默的郁柔突然開口了。

「她叫做怡涵。」

「嗯。」冠傑只能這樣回應，並等待郁柔繼續說下去。

「其實今天發生的事情並沒有什麼大不了的。」郁柔用著幾乎沒有情感的語調說話，冠傑不曉得是不是刻意不想讓他擔心的緣故，「只是昨天段考考試的成績不太理想而已。」

對於學生來說，如果考試成績不如預期，想必多少都會很難過的吧。尤其是對於認真念書，又特別看重課業的學生而言是這樣沒錯，冠傑也有這樣的時候。在國中時期，成績一直很不好的他來說，即便自己用功念書，但考出來的成績也只是差強人意，沒辦法有所突破，因此感到沮喪也是在所難免，所以冠傑覺得自己能夠體會那種感受。

「所以呢？她是成績不好，退步到班上倒數嗎？」冠傑這麼詢問，但這其實也是他以前的樣子。他也是因為自己曾有過成績一落千丈，退步到倒數的名次以後才開始意識到自己必須努力，但前面沒跟上的課業如今要挽回得花上更多心力與時間，而成績不可能馬上進步太多所產生的苦澀，至今仍難以忘懷。

「不是的……」郁柔露出一副有點為難的樣子，眉梢略為垂下，像是不知道該如何是好，「怡涵的成績非常好，甚至每次都是全班第一，國中排名也是前五名。」

冠傑聽到以後有點震驚，自己以前從未看校排成績的，對他而言，那是校內屬於「怪物」階級的學生相互競爭的地方，自己從未想在這排行中與人較勁，他還是擺出與原本無異的臉孔，故作冷靜地問：「是嗎？」

「嗯，是的。但只要她的成績，無論任何一科輸給班上的任何人，就會一直像今天這樣，要不就這麼不說話一直哭，不然就是會說：『這樣下去我乾脆去死算了』這種很激烈的話。」

聽到郁柔這麼說，冠傑忍不住打了個冷顫，成績好的人自我要求都這麼高嗎？這種事情他根本無法想像，對成績要求是好事，但得失心太重可不好。

「這種情況多久了？」

「確切時間我不是很了解，但大致是在她爸爸過世以後吧，我覺得是因為衝擊太大了，畢竟怡涵她和她爸爸感情好像一直都很要好，很聽她爸爸的話。可是，因為這件事影響到現在有點太久了，而且我總是搞不懂這和成績之間的關聯性……」

郁柔滔滔不絕地說完這段話後，嚥了口口水，像是想要把事情趕快給冠傑知道似的，她的語調有點急促，喘了口氣後又接著說：「我安慰她也都沒有用，有一次連我都生氣了，所以和她說：『如果妳這樣下去，妳爸也會很難過的。』沒想到她聽了這句話以後，突然像是想到了什麼一樣，露出很訝異的表情，我以為她是意識到自己的行為而感到愧疚，沒想到她馬上對我大罵：『妳根本什麼都不懂！』」

「也太嚴重了吧……」冠傑說，「爸爸過世的打擊也太大了。」

冠傑不是很能體悟這種感受，當然郁柔應該也是，畢竟他們出生在一個完整的家庭，而那個叫做怡涵的女生，原本也是吧，可能一切來得太突然，完全措手不及。冠傑一邊想著這樣的事情，同時又思考著，萬一家人哪一天過世，那肯定也會難過好一陣子，但那並不會持續很久，畢竟，人不能總是沉浸在悲傷當中，一定要讓自己站起來。

「嗯，除了成績之外，她只要聽到別人的評論，就會不斷自我貶低，即便是成績下滑時，老師在考卷替她的打氣，她都認為是因為別人看不起她。」說完，郁柔的臉似乎更為陰沉了，「也因為這樣，原本她還和其他人相處得不錯，但之後大家也慢慢不想和她待在一起了。」

聽到這裡，冠傑才突然想到，早上去郁柔的教室時，的確有幾個同學將視線轉移到那個名叫怡涵的學生上，卻沒有人像郁柔一樣過來給予安慰或意見，他也想起以前曾在國中部的時候，班上有位女同學因為摔倒而膝蓋破皮流血，便有好幾位同學過來關心，對比現在發生的事情，似乎隱約也看得出怡涵與周遭的關係並不是特別好。

「那為什麼妳還願意安慰她，和她在一起，我覺得妳好像也很不好受。」冠傑說著這樣的話，老實說，他也很心疼自己的妹妹，想必也感到很痛苦吧。

「哥哥，我和怡涵在她爸爸過世以前就是朋友了，但就像我說的，遇到這種事情以後的轉變，使她原本的朋友都不想待在她身邊。我不是因為可憐她才和她繼續當朋友，當然我也不會覺得離開她身邊的人怎麼樣，畢竟這是人之常情，但是，正因為我是她的朋友，所以我才能把她的事情看成是自己的事情，看到現在的怡涵，我或許比誰還要更難過……」說完，郁柔露出一副快要哭出來的表情，眼眶似乎有著什麼正在打轉。

冠傑抬起頭來，刻意將目光放在太陽逐漸西斜的天空，因為他不想看到郁柔這麼難過的神情。應該說，自從小時候令他印象深刻的，看見因娃娃丟失而嚎啕大哭的郁柔以後，他記憶裡似乎就沒有看過她露出這種樣貌，想必以前到現在，遇到的很多事情也是忍著不說。今天對於這件事侃侃而談，是因為他發現了異狀，所以才說出口的吧。

想到這裡，冠傑心頭一陣酸澀，好像心臟被揪緊在一起，但即便如此，看到這樣的郁柔自己也無法做些什麼，也無法改變，當然叫郁柔離開這位朋友是一個方法，雖然對那個人來說，或許略為殘酷了些，但這麼做或許是好的，於是他如此說道：

「可是，我看妳一直痛苦下去也不是辦法。」

沒想到說出這樣的話以後，郁柔突然沉默不語。讓他覺得自己很自私的心情又更加深刻，自己憑什麼指使別人去做殘忍的事情，自己似乎總是只關注自己所愛的事情，似乎只對於自己的父母、妹妹付出關愛，對於周遭的人並沒有太多熱誠。

對於朋友好像也是這麼一回事，仔細一想，自己難道不也不曾主動去關心除了家人之外的人嗎，不曾因為同學熱愛遊戲而去了解，不曾因為同學談論少年漫畫以及動畫劇情而去看，覺得自己有嘗試、努力過，但其實自己似乎什麼也沒做，只是把事情看做是「沒辦法的事」，但真的是「沒辦法的事」嗎？

當初和現在幾乎都沒有朋友，是否只是近乎自暴自棄地將交友這件事，歸咎於自己本來就不善交際上面？

冠傑如此暗忖著，越想越慚愧。他突然湧現出一種與先前截然不同的想法，如果可以幫助別人，對別人付出，這樣就好，如果有這樣的機會的話，他願意嘗試一次看看。

在他這麼想的同時，郁柔才開了口：「愛是包容，不是嗎？無論是對朋友還是家人都一樣。我以前也受到怡涵很多的照顧，對我來說，自己覺得不被喜歡，或者是遇到挫折的時候，被別人拋棄是最難以忍受的。哥哥或許不是很能理解，對於女孩子來說，女生間的友誼或許沒有像男生那樣的『互挺』，但女生的友情中，更重要的是『陪伴』，因為女孩子是比男孩子更無法忍受孤單的一類。」郁柔如此說道，剛才就泫然欲泣的面容看來又更加悲傷，「所以，如果我是怡涵的話，我也會很難過，或許也會自暴自棄吧，覺得本來就沒有人願意待在我身邊，即便她現在讓我難受，但我相信她還是很希望有人能待在她身邊的。」

這是少數幾次，冠傑感受到所謂「友情」一詞的感覺，比起有人能和自己玩在一塊，更重要的是在遇到挫折的時候能彼此依靠吧。先前的他總是將友情視為可有可無的存在，然而面對與自己截然不同，有著體貼與善良之心的郁柔，冠傑似乎也有了改變。

在自己將要把話語脫口而出以前，郁柔率先以令人心疼萬分的悲傷語調說：「我覺得繼續下去已經沒有什麼幫助了，所以，哥哥能不能也想點辦法幫助怡涵？」

這一刻，冠傑凝視著郁柔的目光，而郁柔泛淚眼眶當中的液體，也在此時滑落。他眼中國中生的郁柔與小時候娃娃弄丟了的郁柔，兩者的面容交疊在一塊，相隔數年的情感猛然湧出，不管是出自於想要幫助妹妹，還是想要幫助怡涵的情感，他幾乎沒有花太多時間思考便回應了聲：「好。」

快要走到家了，這一路和他以及郁柔擦肩而過的人實在太多，當中也有不少同為學園內的學生，但無論是誰，他們每個人都有著不同的故事，他們心裡有著怎樣的情感、有著什麼樣的憂傷，冠傑突然想要好好了解，而這樣看似平凡的一天，似乎有了些許不同。

冠傑之二：少年的步伐

雖然爽快地答應了郁柔的請求，可是冠傑對於該如何幫助怡涵還是沒有頭緒，應該說，要幫助一個非親非故的人，該從哪裡切入，又該做些什麼，關於這些實在比原先想像的困難許多。現實生活本來就有很多無可奈何的事情吧，冠傑心想，現實永遠比起小說來得離奇且難以解決，如果能夠像小說一樣，自然而然就把事情解決就好了。

當天夜裡，兩人在郁柔的房間內開啟電燈，郁柔一邊寫著作業一邊和冠傑對話，而冠傑則是躺在郁柔的床上，百無聊賴的樣子翻閱小說，但他們兩人幾乎都是無心做事，他們你一言我一句，一個人提出的意見又被另外一個人反駁，另一個人的反駁又被駁回，花了好一陣子討論究竟該怎麼做，但並沒有什麼太大的突破，兩個人可以說是毫無頭緒，只是焦頭爛額似的在那思考。

隔天早晨，兩人漫步在通往學園的路上，幾乎不約而同地打哈欠。在吃早飯的時候，母親看見他們好像很疲倦的樣子，忍不住關心地問著：「怎麼你們昨天好像沒睡飽？」

「寫作業。」

「看小說。」

兩人幾乎是同時將昨晚做的事情脫口而出，但也都沒將怡涵以及晚上彼此聊天的事情說出口。雖然說出來並沒有什麼問題，但是如果能夠自己解決就自己解決，不管是冠傑還是郁柔，都希望這件事能夠早點結束……雖然幾乎還沒開始就是了。

「冠傑，你多學學你妹妹，不要整天都看課外書啊。」媽媽這麼指責，但實際上也是叮嚀。郁柔聽到媽媽這麼說，還跟著附和著笑道：「對啊，我好像從沒看過哥哥念課內書過。」

這頓早飯在媽媽與郁柔對冠傑半指責半玩笑的氣氛下度過，讓昨晚兩人略為嚴肅的情緒放鬆了不少。

一邊踏著地面，兩人並肩而行的步履發出聲響，不時從他們身旁擦肩而過的上班族、學生，他們各自通往各自的目的地，如果不是認識他們的話，想必會把他們當作是一對情侶吧。昨晚花了不少時間討論，結果只有一個不算辦法的辦法，那就是讓郁柔先約怡涵出來和冠傑見面，希望能夠先當朋友，建立好關係以後，再看冠傑有什麼辦法慢慢改變怡涵，總之就是隨機應變，走一步算一步。

在即將走進學園時，冠傑突然想到了一件事，於是在快要與郁柔分開時開了口：「對了，為什麼妳是選擇找我想辦法，即使我知道了這件事，也不見得需要叫我幫忙，妳其他的朋友應該也願意幫些什麼吧？」

「我說過了哦，怡涵她在班上的人緣不好，所以即便我有朋友願意幫助，但嘗試過幾次就馬上放棄了，似乎是心灰意冷了吧，覺得難相處的人就讓她自己解決。」講到這裡，郁柔突然像是感到一陣害羞似的垂下頭去，露出又像苦笑又像想要故作鎮定一般的神情，然後又接著說下去：「昨天在哥哥離開我們教室過後，怡涵有稍微說幾句話，明明我之前我怎麼樣她都不說話的，但是在看到哥哥你把便當送來我們教室以後，她問我和你之間的關係，我和她說你是我哥哥，她就突然露出好像很羨慕的表情和我說：『真羨慕妳，妳有這樣的哥哥可以依靠。』不知道為什麼，我聽到她這麼說以後，就突然想，能行，如果能讓哥哥幫助怡涵的話，似乎會有一些轉機。」

冠傑聽到這段話，好像也燃起了一點希望，感覺自己身處在某種重要的地位上，這種被需要感特別讓人溫暖。

但是，沒想到一切竟是如此不盡如人意。

當天放學以後，冠傑並沒有在門口等待郁柔，而是先行走到距離學園最近的咖啡廳去。那間咖啡廳是郁柔說她以前常和怡涵去念書的地方，而冠傑從來都只是經過，但不曾進去裡面。他推開門扉，點了一杯咖啡就坐在一張四人桌座位的一側。

按照預計，郁柔會以約怡涵念書為理由，把她叫來咖啡廳裡面，並藉此讓兩人認識。雖然對於認識之後該如何是好，但總之這一步一定要先做到。

在冠傑等待的過程中，他望向四周，不少都和他們同是無限學園的學生，他們都擺著書本在桌子上，不時交頭接耳，像是在探討課本上的問題。回到自己的方向，他是把書都放在學校的那種人，所以他書包除了小說和數支原子筆之外，其實也沒什麼東西了。

在他將小說放在桌子上的同時，郁柔的身影就出現在他的眼前。郁柔像是母雞一樣，手牽著後頭的怡涵，怡涵的神色看似比起昨天好了一些，但看起來還是有些陰鬱，她低垂著頭，好像根本沒有將視線放向前方。

「怡涵，這位是我哥哥。」當郁柔這麼介紹的時候，語氣是十分爽朗的，就像她在冠傑記憶裡的那樣。但是，看過昨天的她以後，令冠傑也不禁猜想，難道她的開朗，不過只是一種偽裝而已嗎？

怡涵聽到郁柔這麼說了以後，才緩緩抬起頭來，視線正好與冠傑相交。原先陰鬱的表情瞬間席捲上另外一種面容，那面孔在一瞬間內無法看得出是厭惡還是驚愕，又像是兩種情緒混雜在一塊的樣子。

當冠傑看到怡涵的表情，覺得大事不妙，正當想要站起身來和怡涵解釋的時候，怡涵的樣子又瞬間轉換成了明顯的憤恨，在冠傑將話語脫口而出之前，她先對著郁柔開了口：

「妳為什麼沒和我說有別人？」

怡涵像是壓抑住內心的不滿情緒而語氣刻意鎮定，但表情上卻明顯表現了出來。郁柔在這一瞬的臉孔僵硬，突然語塞一般不知該說什麼才好，總不能說，「因為妳好像羨慕我有哥哥，所以我想把哥哥介紹給妳」吧。

郁柔的視線從怡涵那邊移向冠傑的方向，像是在示意他趕緊說些什麼。冠傑注意到了以後站起身來，隨即開口：「啊，那個……是我自己要求郁柔這麼做的，因為……」

「因為你想拯救我？」在冠傑將後面的話說完之前，怡涵就將這句話脫口而出。滿是怒意的神情令冠傑有些被震驚到了，「即使你是郁柔的哥哥又怎麼樣？你也改變不了什麼吧？你們憑什麼覺得可以幫助我？你們知道我的困難嗎？你們知道我是多不喜歡自以為和我是好朋友……可是卻在最後背棄我的想法嗎？」

咖啡廳裡的人逐漸將視線投射到他們的方向，但怡涵似乎一點也不在意，說完這些話以後，像生氣過度般，怒意化為淚水盈滿眼眶，緊咬著下唇，下一秒，怡涵轉過身去，無視郁柔的阻攔直接跑開了。

剛才怡涵說的這些，是她的心裡話吧。冠傑心想著，他坐回位子，郁柔也沉默不語地走到冠傑正對面的位子坐下。冠傑雙肘貼著桌面，手掌抵著自己的臉，心裡頓時湧上一股比起剛才更為沉重的心情。但是，從剛才怡涵說的這段話多少可以得知，她內心似乎真有什麼令她痛苦但又非得繼續下去的事情使她變成這樣。

回去之後，冠傑與郁柔幾乎都沒說過什麼話了，或許不只是因為面對怡涵那麼明確的拒絕態度，而是自己剛湧起的火苗，那麼容易被抹滅。郁柔也多少察覺到了冠傑的心情，所以從那天開始，她也不麻煩冠傑幫忙了，日子連續過了幾天，郁柔仍舊努力的想要讓怡涵敞開心房，但怡涵給予的答覆，通常都是沒有或者是偶爾和她說：「不要白費力氣了。」

但不曉得為什麼，似乎經歷過前幾天那件事以後，怡涵態度似乎沒有那麼強硬了，至少會和郁柔說一些像是「妳哥為什麼要幫助我啊……明明我是那麼糟糕的人，還是其實是郁柔妳拜託他的？」當然郁柔馬上否認，不過看到怡涵說的話多了起來，也算是不幸中的大幸。

今日放學過後，郁柔和冠傑說她和怡涵約好要一起念書，說不定可以有什麼突破，所以不和他一起回去了。看見郁柔前幾天陰鬱的神情又一掃而空，取而代之的是又燃起希望的火苗，冠傑暗忖著，自己似乎也得繼續加油才行。

老實說，對於自己為什麼要那麼辛苦的去解決一個非親非故的人的苦惱，冠傑也並不是很了解，或許只是想要幫助郁柔的想法在後頭驅使著他，也可能是自己也想要確定，是否自己也能透過這樣的行為來證明自己是否能夠有能力關懷別人吧。

待到冠傑回到家以後，媽媽就告訴自己，爸爸今晚因加班的緣故不會回家吃飯，而冠傑也告訴媽媽，郁柔今天會在外面和朋友吃飯。所以今天的晚餐，只剩下他與媽媽兩人而已。

冠傑在吃晚飯的過程中，不斷想著郁柔與怡涵兩人的事情，但多少還是覺得苦惱。或許生活就是由很多能解決以及解決不了的事情構成，對於是否能夠完美解決某一件事，任何人都沒有把握，解決不了的事情，卻也只能無奈地學著去接受。

「媽。」冠傑突然開了口，「妳是怎麼和爸爸在一起的？」

冠傑會這麼問是有原因的，或許又是另一種無可奈何的方法。爸爸在家裡就是一副嚴肅的樣子，雖然不曾嚴厲，但算是沉默寡言，幾乎沒說過什麼話。反觀媽媽，卻與郁柔相同，是近乎樂觀開朗的類型，所以兩個人很合得來，對於與爸爸性格近乎相反的兩個人，究竟是為什麼會在一起，他想要從中問出一些什麼。

「哎呀，怎麼突然問這個。」媽媽嘴角露出一抹微笑，那與害羞略微不同，而是似乎連帶想起了些什麼有趣的事情一般，對於冠傑的疑問並沒有再多問，而是對他的詢問侃侃而談，「你爸爸他啊，個性又悶又不善表達，個性又不坦率。他和我認識的時候，是大學時期的聯誼，我的同學和你爸學校的人互相認識，因為覺得很有趣，所以我就參加了，但你爸爸他大概是被朋友逼迫吧，他不像是會主動參加聯誼的人，而且還聽到他的朋友對他說什麼

『不找你來的話，你一輩子大概也娶不到老婆了。』」

「是嗎。」冠傑竊笑，很像印象中爸爸的個性。

「是啊，即便是聯誼時的喝酒也是，他不像其他男生一樣，喝了酒就興奮，而是自己一個人默默的喝酒，不像是在品酒，而是像為了緩解情緒一樣。」

「他很緊張？」

「不曉得，但是我看到他這樣，覺得很有趣啊，和我來的其他女生早就和其他男生聊起來了，我才發現我一直盯著你爸瞧，不是因為他特別帥，而是覺得難得來這種場合，為什麼不開心一點呢？所以我就主動坐到他旁邊去。」

「啊？那爸爸的反應是怎麼樣？」冠傑問，他聽得有些起勁，像是要探究某些自己未曾知曉的祕密般，亟欲想要繼續聽下去。

「幾乎算是沒有反應吧。」媽媽略為苦笑，但那笑顏帶了些許幸福，「我問他為什麼只顧著喝酒，他只說是『被朋友找來的，不知道該做什麼』，和他說只要和我們聊天就好了，他卻回答『可是我不知道能聊什麼』，我反而因此覺得他很有趣，應該說是很可愛吧，有時候像你爸這種性格的人，雖然看起來不是很好親近，但不代表對方不關心你，也不表示對方不願意和自己相處，或許只是對方不知道該如何是好而已。」

「可是對方擺出一副好像沒有太大興趣的樣子，妳也不會因此打退堂鼓？」

「當然不會啦。只要是我覺得有趣的事情，應該沒什麼做不來的吧，我是這麼想的。重要的是，如果對方只是不知道該如何和別人相處的話，有人釋出善意，通常不會有人不開心的。反而還會慶幸『啊，原來還是會有人關心我的』，大概會這樣想。」

「爸爸是這麼說的？」冠傑又問。

媽媽聽到這裡笑逐顏開，看起來比剛才更為喜悅甚至笑出聲來又掩嘴而笑。

「他怎麼可能會把這些話說出口啊，當然是我自己這樣想的啊。但是我相信他是這麼想的。」媽媽說著，像是因難得兒子會找自己聊這種事情感到喜悅，又像是自己有機會可以回憶這段有趣的過往，她又接著說下去，「至少我們在聯誼之後互留聯絡方式，沒想到過了大概一個禮拜後，你爸竟然主動發訊息給我，明明聯誼過後我只有和他說『以後如果有機會再一起出來吧』之類的話，以為之後可能就沒了聯絡，更沒想到他會主動聯繫，他對我說『最近博物館有那個妳很喜歡的卡通人物展覽，要不要一起去？我也剛好有興趣。』」

「咦？他是會對博物館這種地方有興趣的人嗎？」

「當然不是，我們見面之後，他對那個似乎一點興趣也沒有，但也沒露出不耐煩的樣子，只是跟著我看哪個就看哪個。我想，一定是因為我之前提到說我很喜歡，所以他才用這個當藉口吧。」

「所以可以說是妳改變他的個性？」

「也不能這麼說，只能說是他本來就是這樣體貼的人啊，只是他的個性本來就不善於表達。」媽媽說到這裡，語調突然轉為嚴肅，或者說是帶了一點若有所思的樣子，她將視線移到旁邊，爸爸原本應該坐在那裡，可是現在卻空蕩蕩的位子，「我直到現在還是會想，還好我那時候，有主動去和他說話。」

「嗯……」冠傑只能以這樣的單詞來回應。但媽媽隨即語調一轉，又變回原來那開朗的樣貌隨即開了口，「畢竟，如果我沒主動找他的話，他大概真的會像當時聯誼的時候，他朋友說的『不找你來的話，你一輩子大概也娶不到老婆了』吧。說是要改變別人，這件事實在太難，不應該告訴別人該怎麼做，像我即便到現在也不曾要求你爸要改變個性，只要讓他漸漸能夠坦率地去表達自己的想法就夠了。」

「是嗎？」

「嗯，對啊，感情的力量很偉大，不管是親情還是愛情或者是友情，如果是真的愛對方的話，就能夠連他不夠好的地方也好好包容。」

當天晚上，與媽媽難得聊上這麼一段話，使冠傑得到不少意料之外的啟發，或許怡涵也是這麼一回事，怡涵是以一個強逼自己做不喜歡的角色，以及把自己變成一個冷漠的人，作為抗爭或者是自我保護，其實內心的自己和原本並沒有差別。

不過，也許就像媽媽說的。改變一個人實在太難，似乎也是自私的行為，如果用自己的觀點強加在對方身上，似乎也是對於他人的另一種殘忍，不應該告訴當事人怎樣做是正確的，或者是不對的，他打算換一個方式去溝通看看。

像是因這個啟發而連帶送來的一個好消息，郁柔回到家的時候和冠傑說，怡涵答應明天約在之前的咖啡廳，原因是郁柔告訴怡涵，說冠傑的成績很好，對於考試應該有幫助。

雖然理由對冠傑來說很奇怪，但至少事情也慢慢有了進展。

這是一場沒有兇手的推理事件。以為了幫助怡涵為中心，想要嘗試幫助他人也幫助妹妹的冠傑，以及為了使怡涵重新回歸原本樣貌的郁柔，還有令怡涵個性轉變的主要原因為何，這也是今後必須解決的。

冠傑之三：少年的迷惘

但就連郁柔也沒想到，冠傑的課業程度比起自己還要想得糟糕。

隔天下午放學以後，他們約在之前那間咖啡廳集合。冠傑早就在那裡等候，為了這次的課業指導，還特地找了以前被放置在房間角落的舊課本，但老實說，其實除了上面累積的灰塵之外，內頁基本上還是全新的。

冠傑依照這次要教的科目，預先在咖啡廳簡單讀過一次，但即使自己已經升到高中部，面對從前就令自己頭痛的課本，還是很頭痛。而等到郁柔與怡涵都到齊了以後，怡涵與郁柔並坐在一起，而冠傑則是坐在正對面，原本冠傑還想要先攀談幾句，沒想到怡涵直接切入正題，將自己認為有問題的部分以紅筆圈點了起來，逕自地對冠傑詢問：「能麻煩你指導這幾題嗎？」

從說話的方式看起來，怡涵依舊給人的隔閡感很重，當然有禮貌是好事，但這麼說話反而讓人不知道該如何從課業之外的話題切入。

「讓我先看一下。」冠傑打算先死馬當活馬醫。但當他看到題目的時候，一股比起剛才預先看課本的錯愕更上一層的情緒席捲而上。怡涵圈點的題目，幾乎都是進階題型，意思就是，比起一般課本的普通練習題，是使用更技巧性的應用或者是必須融合多公式才能解出來的題目。這也難怪，怡涵的程度之前就曉得很好了。但冠傑這時又突然想到，難道這並非怡涵不懂，而是作為一種測試嗎？

與怡涵的隔閡在此刻突然變得更遠，一種近乎無形的高牆豎立在課本之上。

冠傑嘗試在自己預先準備的筆記本上計算，但光是計算最初的部分，就已經花費他所有力氣，在尚未算完最前段的時候，怡涵突然插入了一句話。

「你這個部份算錯了，這個公式一開始就不是套用在這裡，而是要用第二章節的公式來計算。」

第二章節？冠傑拿起怡涵的課本翻閱，目前做的習題是在第三章，沒想到這題除了是進階題之外，還必須融合其他章節所教的公式來做計算。

冠傑突然一時尷尬，不知道該如何回應，而怡涵或許意識到冠傑根本不會算，她朝著自己身旁的郁柔瞪了一眼，覺得自己好像又被騙了一次，但郁柔在尷尬地苦笑以後，隨即將怡涵的課本移到自己面前。

「哥哥，這題要這麼計算。」郁柔如此說著，一邊拿著筆在記事本上寫下算式，然後依循著自己的寫法繼續寫下去，但在算出解答之前，怡涵又插了一句：「妳也算錯了。」

這時反而是冠傑忍不住笑了出來，而郁柔露出一副與剛才冠傑別無二致的尷尬面容，詢問怡涵錯誤在哪裡。

「妳真是……」怡涵拿回自己的課本，在題目的下方完全不事先計算的情況下，流暢地寫著題目。冠傑在旁邊仔細地看著，但他的記憶裡並沒有這些東西的存在。沒過多久，怡涵就將題目做完，看在郁柔或冠傑眼裡，或許這樣的題目對他而言不過是雕蟲小技。

接著，第二道題目依舊由怡涵詢問冠傑，冠傑經歷上一個挫敗，這次想要挽回局面，但心有餘力不足，在答案尚未計算出來的時候，怡涵又連忙更正。換到郁柔來做題的時候，至少情況比起冠傑好上一些，還能將答案計算出來。

第三道、第四道，幾題作完之後，剛才先點的飲料以及甜點正好送上來，剛好給了他們一些小憩的時間。

「哥哥比起我想的還要爛呢。」郁柔在告一段落的時候，忍不住這麼說道，但怡涵只是在一旁吃著送上來的優格，並沒有多說一句話。老實說，這次名為課業指導的約，或許以後不能再用上了，因為根本沒有幫到怡涵任何忙。

「嗯……抱歉，我沒想到難度那麼高。」冠傑倒是很坦率地道歉，這的確是意料之外的事情。他一邊以吸管攪拌著奶茶，略為羞怯地說著。

「沒、沒關係啦。」這次反而是怡涵開了口，以細弱紋鳴的聲音說話，她的視線沒有放在冠傑這邊，只是盯著剛才輕鬆就做完的數學課本，若有所思的繼續開口：「這些題目本來就有難度，而且我在家裡其實已經做了一遍了，只是想看看你的程度而已……」

說完，像是害羞似的又沉默不語。但冠傑突然感到一股難以言喻的情感，大概是覺得怡涵雖然與他人保有距離，但本性應該也不會壞到哪去。

「怡涵，我覺得，妳應該有很多朋友才對。」冠傑唐突來上這麼一句，郁柔連忙想要阻止他，覺得冠傑是在明知故犯，但在阻止以前，怡涵隨即回道：「我沒有朋友，反正大家都只會背叛我而已。」

郁柔不了解冠傑說這些話的用意，但看到冠傑心裡似乎有什麼盤算，就在一旁看著他要說些什麼。

「不一定是這樣，也是有願意真心待在妳身邊的人吧？」冠傑發出一陣苦笑，也在等待著怡涵要如何回答。

「不用你來告訴我這些，我知道大部分的人都不喜歡我。」

「是嗎？可是我覺得郁柔對妳很好，直到現在她還是很替妳著想。」冠傑說完之後，假裝若無其事地又喝了一口奶茶，「妳看，她不是一直陪在妳身邊嗎？」

怡涵沉默了一會，像是思索著什麼似的。

「是沒錯，」怡涵似乎也提不出反駁的話語，「只是她有時候很聒噪。」

冠傑略為欣喜地笑了，然後依循著剛才的話題繼續接著下去。

「的確是這樣，但這也是她關心妳的方式，不是嗎？」

「也是啦……這點倒是真的，我也知道她對我很好。」怡涵將目光望向郁柔的方向，但稍後轉到了優格的地方，眼看優格見底，又把視線移到了冠傑身上，四目相交。

身為旁觀者的郁柔將這一切看在眼裡，突然覺得好笑，明明當事人就在這邊，怡涵卻能夠直接說她的壞話，但她也覺得有些訝異，比起和她相處時，怡涵與冠傑相處的時候，似乎多說了不少心裡話。

是因為除了她以外，難得有人願意和她說話嗎？

「妳真的很在意成績呢。」

冠傑又繼續找話題聊天，郁柔依舊看不透他的用意，但一直以來她是信任哥哥的。她突然想起小的時候，曾因為心愛的娃娃不見而嚎啕大哭，而當時的哥哥，雖然至今看來仍稍嫌笨拙，但仍是花了不少時間安慰自己，其實自己並不是真的那麼在意，只是當時的自己覺得，看到哥哥這麼努力的安慰自己，感覺心裡很溫暖，像是被人重視一樣。

怡涵聽到冠傑這麼說，眼神露出一絲怒意，但隨即又煙消雲散，克制住自己的情緒說道：「你的意思是，我這樣很奇怪？」

冠傑回答：「當然不是啊，妳看，像我這樣成績不好的人，沒辦法理解像妳這麼厲害的人的生活。」

怡涵聽到有人給她誇獎，倒是覺得意料之外，畢竟自從父親過世了以後，反而大家對於她的改變，大多都是叫她不要太在意成績。她至今仍覺得奇怪，但又多少覺得自卑，她想起自己這麼努力的原因，以及周遭給予她的阻攔，這當中產生的矛盾使她難以忍受。

「是、是嗎？」怡涵故作鎮定，面向冠傑的臉龐朝著一側歪斜，以手托住自己的臉頰，「我覺得這是學生的本分，不是嗎？」

「當然是這樣沒錯，可是啊，有時候也該多注意一下關心自己的人喔。」

怡涵將目光投射在郁柔的身上，郁柔似乎也若有所思地低著頭，怡涵突然感到一陣難受，但又不知道該說些什麼，只是「嗯」了一聲，但卻接著說出這樣的話語：「我還是覺得成績比較重要。」

冠傑臉上並沒有什麼表情，將身子往後傾，讓背部貼在木質椅子上。

「嗯，妳要這樣想也不錯啊，畢竟是學生的本分，但我可以問妳，除了學生的本分之外，在意成績的原因是什麼嗎？畢竟總會想說，成績好可以獲得什麼吧？」

在一旁思考著自己的事情的郁柔，在這一瞬間終於了解冠傑說這些話的用意。

「嗯？這不是很普通嗎，就只是比較會被人看得起。」怡涵答道，這些對至今的她而言是理所當然的事情，卻給了冠傑和郁柔不少思考的線索，不過，當怡涵說到「比較會被人看得起」的時候，她的心臟卻莫名感到絞痛，這是冠傑或郁柔都不會察覺到的地方。

「妳之前成績也這麼好嗎？」

怡涵搖了頭，倒是很誠實地回答：「還滿糟糕的，大概在班上排名中間吧。」

冠傑感到驚愕，那不就還比現在他的成績落點還高嗎。這樣算糟糕啊，那自己可能沒有資格念書了。但他又將郁柔之前提到的，怡涵會這麼在意成績是在爸爸過世之後，並且將現在她把在意成績這件事歸咎在怕被人看不起上，這兩者之間聯想在一塊，冠傑心想，難道是變成單親家庭之後的自卑感嗎？

冠傑和怡涵的對話差不多就到這邊結束，之後冠傑為了緩和剛才的沉悶氣氛，所以接著聊的大概都是一些普通的話題，但怡涵似乎對成績之外的話題並不感興趣，也沒有特別多說些什麼。

在回家的時候，原本冠傑看時間太晚，想說要不要送怡涵回去，但怡涵卻拒絕了，可是看得出來她的拒絕並非出於厭惡，而是一種怕對方麻煩的好意，至少從拒絕的語氣可以感覺得出來。

在冠傑與郁柔走在回家的道路時，人行道上的路燈發閃著昏黃的燈光，冠傑突然邊走邊望著路燈的發光處，外面的玻璃外殼，有好幾隻小蟲不斷揮舞著翅膀，朝著玻璃燈罩撞上去。

仔細一聽，這條街道幾乎除了自己與郁柔的腳步聲外，似乎還可以聽到小蟲碰撞到玻璃的聲響，撞到了，然後又繼續撞，或許連那些小蟲也無法理解自己這麼做的原因，但就是有一種本能想要讓牠們不斷去做這樣的事情。

「那個……」郁柔突然開口，才令冠傑回過神來，他不曉得為什麼突然被這種微不足道的小事情吸引住，但他突然覺得，自己或者是郁柔，也許也包含著怡涵，就像是那些小蟲，只是近乎本能的去做那些自己覺得理所當然的事情。

「怎麼了？」

理所當然嗎？對人類而言，每一件事都會有必須去做的理由，即便自己視為理所當然，但背後一定有某個東西在驅使自己，這不見得是本能。這或許也是人類與那些小蟲的最大差別。

「今天，謝謝你。」郁柔有些不好意思開口，臉龐在昏黃的燈光下顯得更加羞怯，「我好久沒有看到怡涵說這麼多話，即使還不夠多，但我覺得已經很好了。」

雖然今天只是普通的閒聊，但郁柔也對自己的哥哥抱有更多的期待了，對她來說，或許哥哥真的找到了某種能夠和她溝通的方法。但在說完剛才這樣的話以後，表情卻顯得有些失落，或許是郁柔想到自己沒有能夠讓朋友打起精神的能力吧。

冠傑意識到這一點，他將一隻手搭在她的肩膀上，然後把她的身軀朝著自己拉近，讓她與自己並肩在一起。

「怡涵也意識到妳的努力，雖然我們對她還不是很了解，但是今天能夠在一起聊天，難道不是妳的功勞嗎？」冠傑以沒有任何表情的平靜語調說話，他不想讓郁柔知道自己其實非常心疼她，所以才故作此態。

郁柔聽到以後這才笑逐顏開。

在此之後的接下來幾天，雖然前面有一個還算不錯的開始，但郁柔為了不要讓怡涵覺得奇怪，連續幾天都沒有再次找她出來念書，可有趣的是，怡涵即便還是維持著對課業成績抱有熱誠的嚴肅態度，可是下課的時候，看到郁柔要對她說話，她回應的話語也漸漸多了起來，甚至還說，「妳哥哥雖然成績很糟糕，但人還算不錯」這樣的話。

這讓郁柔有種錯覺，似乎怡涵在那瞬間回到了從前那樣，與周遭的人好好相處，願意接受別人幫助的樣子，雖然只是一瞬間而已，但這也足以成為使郁柔繼續下去的動力。

隨著日子一天天過去，下一次郁柔約怡涵和冠傑在放學後念書的時候，怡涵說了聲：「嗯，可以啊」，看到她這麼爽快答應，郁柔的心情也隨之好了起來。然而，等到下一次約定見面看書的那天到來時，卻發生了一點小變故。

那天放學，冠傑在校門等待郁柔帶著怡涵出來，當看到郁柔出了校門的時候，郁柔的臉上雖然沒有流露出明顯的失意表情，但看起來還是有些失落。

「怎麼沒有看到怡涵？」冠傑問她，但他心裡多少有一點底了。

郁柔搖了搖頭。

「怡涵今天沒來學校。」

「是因為考試的成績嗎？」

「差不多。」郁柔如此回應，「應該是因為過陣子要期中考了吧，壓力太大而請假的緣故。」

「之前就會這樣嗎？」冠傑問，他心裡也與郁柔有著相同的無奈。

「偶爾會這樣。」

「那就沒辦法，只能等下次機會了。」冠傑雖然覺得沒辦法，也只好就這麼作罷，虧他原本還在家裡先把怡涵可能會想問的科目都預先看了一遍，但正當他回過頭打算轉身時，郁柔一把拉住了他的手腕。

「哥哥，我覺得……」郁柔欲言又止，不知道該不該將心裡的想法脫口而出，但猶豫了一會還是說了出口，「我覺得我們應該要去找怡涵才對。」

「為什麼？」

「哎呦，哥哥真笨，明明前面都做得很好了，怎麼腦筋還轉不過來。」郁柔這麼說著，一副像是對哥哥失望的樣子，她不管冠傑之後的疑惑，逕自的把冠傑連拖帶拉的帶往怡涵家的方向。對郁柔而言，雖然自己從未因為怡涵沒來學校而刻意探望，但她這麼做是為了用這種刻意的行為，來讓怡涵意識到即便失落，但周遭仍有人願意關心她，抱持著這種想法，所以做出這樣的舉動。

在黃昏時分，依循著記憶中的路，冠傑與郁柔走到了一棟公寓建築前。那是一棟雖然不算新建，但看得出還算屋齡不高的建築物，大約十幾層樓的設計，其中一戶就是怡涵的家。怡涵與冠傑搭乘電梯到了三樓以後，按照怡涵的記憶，他們按了其中一戶住家的門鈴。

由裡頭傳來了一陣應門的聲響，在等待裡面的人出來開門的這一小段時間，冠傑突然意識到自己在這裡的突兀。這是他第一次進入女孩子的家，不管怎麼說都會被女方的家長覺得奇怪，想到這裡，他手掌開始微微出汗，有些緊張。

門被打開，映入眼簾的是一位看似將近四十歲，綁著馬尾的女人。可想而知應該是怡涵的媽媽。

「阿姨好。」郁柔率先開口，看臉上的表情，應該是之前就有來過這裡幾次，絲毫沒有任何尷尬的樣子。相比之下，冠傑也同樣打了聲招呼，可是表情和語調卻顯得十分不自在。

「妳好，這位是？」怡涵媽媽在回應郁柔以後，向她詢問身旁站的男生是誰。怡涵媽媽將目光掃視著冠傑的身軀，看起來應該不是壞人，按造年齡來看，應該是高中生的樣子。

「他是我的哥哥，叫做冠傑。」郁柔一派自然地回應，然後接著說道：「因為怡涵沒來學校，我有點關心她的狀況，所以特別過來看看。」

「冠傑……啊，怡涵有時候會提到呢。」怡涵媽媽一副恍然大悟的樣子，臉上原先的些許警戒變成了和藹的樣貌，「快進來吧，還特地讓你們跑一趟真的不好意思。」

「不會，是我們自己自作主張跑來，是我們不好意思。」郁柔在這方面的確比起冠傑善於言談，她在此刻望著仍是有些拘謹而不說話的哥哥，沒想到怡涵在私底下也會提到他，究竟是說了些什麼，郁柔有些好奇。

他們跟在怡涵媽媽的後頭，她一邊與他們說著：「時間來得正巧，我正好煮好晚飯，等會一起吃飯。」又一邊朝著某處的房間叫喊著：「怡涵，出來吃飯吧。」

看來得和家人說聲不回去吃晚飯了，郁柔拿起了手機傳訊息給媽媽，告訴她會和哥哥一起在朋友家吃飯。但在訊息發送出去了以後，冠傑反倒略有歉意的開了口。

「阿姨，這樣真的好嗎？來這邊打擾又要吃妳準備的晚餐。」冠傑如此開口，但怡涵媽媽反而是一臉和善的回應：「不會，你們能夠與怡涵做朋友，對我來說反而應該感謝才對。」

在這個時候，怡涵從房間走了出來。最先注意到的是郁柔，她記得怡涵的房間，所以她逕自地走了過去，正好與出來的怡涵四目相對。

「啊……你們怎麼來了。」怡涵表情訝異的說，但她看起來好像很疲憊，郁柔注意到她的眼睛通紅，咖啡色的頭髮亂糟糟的，白皙的肌膚看來更失血色，雙瞳像先前哭過了一樣，冒著血絲。

「他們是因為擔心你，所以才來看你的。」怡涵媽媽一邊這麼說，一邊將視線轉到了冠傑的地方，「是冠傑沒錯吧？快點來吃飯，不然飯菜會冷掉。」

看見怡涵媽媽如此招待，冠傑不禁感到驚訝，在這樣的家庭環境下，感覺並不是會很有壓力的樣子。仔細一想，即便自己沒有多少朋友，但至少還有郁柔願意待在她的身邊，雖然少了一位爸爸，但媽媽卻仍舊對她很好。

但當他走到飯廳時，原本待在怡涵身邊的郁柔跑了過來，和怡涵媽媽說怡涵想要在自己的房間吃，於是郁柔就拿著碗裝著自己以及怡涵的份，然後就一派悠閒的走回原來的房間。

冠傑在這時突然覺得有些羨慕，至少郁柔即便在別的地方或者是不熟悉的環境，都能夠快速的融入。而他至今仍是有些不好意思，總覺得還是打擾到別人了，而當他正這麼想的同時，怡涵媽媽已經替冠傑盛好一碗熱騰騰的飯放在桌上。

「不好意思。」冠傑略為低下了頭，拉了張離自己最近的椅子坐了下來。他心想，如果沒有特別的狀況，等等吃完應該就回去了。

「不會。」怡涵媽媽依舊如此笑著，比起冠傑與郁柔的媽媽，怡涵媽媽比較偏向更為柔和、堅毅的那種形象，即便自己的丈夫過世，自己卻仍堅強的撐起這個家，「我看到你們來找她，我心裡也很安慰。」

「是我們應該要高興才對，我的妹妹也受了怡涵很多照顧。」冠傑也禮貌的回應，但這並不是客套，即便現在是怡涵的狀況比較多，但在那之前怡涵應該也帶給郁柔很多美好的回憶，所以郁柔才願意一直陪伴在她身邊吧。

怡涵媽媽夾起餐桌上的以盤子裝的高麗菜葉，隨即放入口中，桌上除了高麗菜之外，還有紅燒肉、豬腳等等一些家常菜，它們無聲的冒著騰騰熱氣，但也看得出來怡涵媽媽下的苦心。

「怡涵的爸爸在前幾年過世了。」怡涵媽媽的表情略微嚴肅，或許是希望和冠傑說上些什麼吧，冠傑側耳傾聽，同時小心翼翼的將一塊表面上還泛著些許油脂的豬腳放入碗中，「雖然你這樣會覺得我在客套，但我想你和你妹妹應該知道她在這件事之後的改變。」

「嗯，沒關係，畢竟是朋友。」冠傑是真的這麼想的。

「我明白，但正是因為如此，所以才欣慰在這種時候有人陪在她的身邊，你知道的，就是在這種情況下，朋友才更為重要。」雖然餐桌上的氣氛因此變得嚴肅，但怡涵媽媽依舊持續說著，「或許你會覺得奇怪，但是怡涵最近有提到你妹妹有個哥哥，最近還滿關心她的。我原本覺得奇怪，但聽她的說法，感覺不是什麼奇怪的人，而且你妹妹她一直都很照顧怡涵，所以我就放心了。」

接著怡涵媽媽與冠傑，一邊吃飯，一邊聊著關於怡涵的種種，冠傑也藉此知道了怡涵在她爸爸過世了以後的變化，他也因此知道了，怡涵的媽媽即便經歷丈夫過世，她也盡力做好一位媽媽的角色。

「或許我在那件事以後，對於她疏於照顧，還請你們多多照顧她了。」語畢，怡涵媽媽神情肅穆的和冠傑四目相交，看起來一點也不哀傷，而是顯露出那種為母則強的堅毅。

飯席間的對談當中，怡涵媽媽還順道與冠傑聊起一些關於他以及郁柔的問題，從這裡多少看得出來，即便怡涵在學校是那種冷漠的態度，但是私底下卻會說不少他們的好話。

「怡涵雖然是這種個性，但她內心還是很溫柔的女孩子。」怡涵媽媽如此說道，對於至今願意與怡涵做朋友的他們，也是心懷感激。

飯席結束後，冠傑因為看到怡涵和郁柔他們還沒出來，於是進去怡涵的房間找她們。打開門的時候，正好看見她們正坐在床沿，將早已吃完的空碗放在桌上閒聊起來。怡涵的樣子已經不如剛才那麼憔悴，更多的是表現在臉上的舒坦，這讓冠傑看了放心許多。

怡涵的世界從來都沒有拋棄過她。冠傑是這麼想的，當郁柔看見哥哥走進房間的時候，便以手撐起身子，將桌上放置的空碗拿起。

「哥哥來和怡涵說說話吧，我去幫忙洗碗。」郁柔同樣也是心情愉快，她拿著兩個空碗以及筷子踩著愉悅的腳步走出房門，嘴角掛著一絲竊笑。

「真是……」怡涵看見郁柔突然跑走，臉上閃現出一絲不捨，嘴裡暗自咕噥，但注意到冠傑來了，她除了表情尷尬之外，還略帶羞怯的低下頭去，「不好意思，還要你們特地來找我。」

「不會，是我們應該要做的啊，畢竟是朋友。」冠傑也略顯尷尬的笑了。朋友這個詞，對他的感觸實在不深，但經由最近這陣子嘗試與怡涵交朋友的事件，冠傑也漸漸能體悟朋友的定義。

冠傑的身後傳來郁柔與怡涵媽媽嘻笑的聲音，看來郁柔應該也很得怡涵媽媽的喜愛。冠傑一邊想著這樣無聊的事情，一邊思考著該與怡涵說些什麼才好時，注意到了怡涵桌上擺放著的合照。

冠傑將它拿了起來。那是看起來至少有十年前的照片，裡頭是一位看似未滿十歲的女孩，而旁邊的男子讓女孩坐在他的肩膀上，兩人的笑顏同樣燦爛奪目，感情看來十分要好。正當冠傑在想，這個女孩應是數年前的怡涵時，回過頭去，發現怡涵正對他表情憤怒地大吼：

「我沒說你可以動我的東西吧！」

冠傑嚇了一跳，身子往後跳開，手上的照片連忙放回桌上。對於怡涵的突然暴怒，冠傑一邊懷著歉意，同時也感到不解。他睜睜地望著怡涵，而怡涵在下一秒羞紅了臉，比起剛才做錯事的冠傑，她露出更為羞愧的表情低下頭去，那樣子看起來就像要哭了一樣。

冠傑頓時不知道該安慰還是要道歉還好，但連這個場合開怎麼開口他也不知道該怎麼辦，但一想到如果沒有讓她振作起來的話，可能會讓她又更封閉自己。更何況，剛才會令她如此生氣的原因也很讓人好奇，於是冠傑嘗試著從自己的口中說出話語，希望能夠問出她內心所想。

「那個，對不起。我不知道妳會生氣，妳還好嗎？那個，我……」冠傑一時語塞，連一句話都不知道該怎麼說下去。怡涵低著頭，瀏海遮住她的眼睛，冠傑看不到她的眼神，但他注意到怡涵的身子微微顫抖，兩行熱淚就這麼從眼眶流出。

正當冠傑在想該繼續說些什麼才好的時候，怡涵以沙啞而乾燥的語調，哽咽似的開口：

「對不起……是我要道歉的，我明明不想要這樣的……對不起。」怡涵一邊抽抽咽咽地說著，話語斷斷續續，「我已經不想要傷害別人，可是卻做這樣的事情……」

這樣的事情？冠傑聽到怡涵說了這樣的話，他靠近怡涵垂首低泣的床沿坐了下來，他才由側面看見的怡涵的模樣。溢滿她眼眶的淚水不斷湧出，像是水龍頭一樣無法停止，怡涵意識到冠傑在她身邊，不斷用手背擦拭淚水，但無論怎麼抹去，卻無法抑制淚液的湧出。

冠傑伸出一隻手想要靠在怡涵的肩上，但伸出手的那瞬間又停了下來，不知這樣做是好是壞，可下一秒，怡涵突然側過身來，在冠傑尚未意識到的那一刻，怡涵將身子撲向冠傑的懷裡。

冠傑這下完全不知道該如何是好了，一股暖流席捲而上，將怡涵推開也不是，要抱她也不是。她感受到由怡涵身體傳來的溫暖以及顫抖，怡涵沉默又哀傷的在他懷裡哭了起來。

幾秒過後，冠傑才擠出乾涸的嗓音：「沒關係，妳先冷靜一下，等等要說什麼再和我說。」

在冠傑的腦海裡，突然湧現出很多疑惑，為什麼怡涵那麼介意自己拿了合照，那合照究竟有什麼特別意義，為什麼生氣過後卻又哭了出來，為什麼還要和他道歉？

正當他這麼想著的時候，怡涵埋在他胸膛的臉緩緩抬起，像是極力抑制自己的顫抖似的，又像想要讓冠傑知道她會這麼樣的原因。她與冠傑的眼神在此刻相交，溢滿淚珠的眼眶，濕漉漉地互相凝視。

「哥哥……」怡涵望著冠傑這麼開口，雙頰紅通通的，「可以讓我現在這麼叫你嗎？」

哥哥？冠傑的疑惑又更多了，但他還是沉默地點了頭。

怡涵在此刻就像是個嬌羞的女孩，身子貼在冠傑的身上，滿懷不安與怯弱地開口：「我想要和你說一些事情，你願意聽嗎？」

對妳來說，愛是什麼？這是怡涵在數年前，也就是在冠傑剛才拿起的合照裡面，怡涵的爸爸問她的事情。

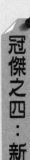

「那是在爸爸過世以前，那天媽媽因為有事情出公差，所以是我和爸爸兩個人一起去海邊玩。」怡涵一邊這麼說著，一邊又用手擦拭臉頰上的淚痕，但眼眶似乎已經沒有溢出淚水了，「很不可思議，現在想起來，還是覺得好像昨天的事情一樣。那時候，我們在海邊玩得很開心，玩到太陽逐漸下山，才沿著沙灘慢慢走回家。好笑的是，爸爸他說為了留念，還去找路人叫他幫我們拍一張合照。」

冠傑想著合照裡的怡涵父女，背景的確是一片夕陽逐漸落下的沙灘。彷彿還能聽見海浪輕拍在沙灘的聲音，以及陽光照射在沙子上的，不炙熱卻又柔和的溫度。

「我應該早點察覺的。」怡涵如此說著，她的表情黯淡，瞳孔似乎沒有凝視著任何一個地方，像是自責與悲傷混雜而成的樣子，「爸爸讓我坐在他的肩膀上，他的腳踏在沙灘上發出細碎的聲音，現在我還感受很深刻，他在那時沒有看著我，我覺得就像是他自己一個人孤單地走著一樣，就在這個時候，他問了我：『怡涵覺得愛一個人是什麼樣子？』，我說我不知道，沒有想過。當時的我只是很訝異他怎麼會突然問這個……爸爸他不是會說這種話的人，我應該早點察覺到的。」

冠傑沒有回應，他的心裡也因為怡涵的話而感到悲傷，像是胸口被緊緊揪著，似乎連喘息也令人沉重。

「爸爸那時候沒有和我說他是怎麼想的，沒想到過了一陣子之後，我們才知道他得了癌症。」怡涵倚靠著冠傑的身軀些許顫抖，雙手緊抓著冠傑的腰際，「已經到了沒辦法挽回的地步了。媽媽雖然有罵他為什麼不早點說，但他其實早就知道了吧……在之前我和他去海邊的時候，他就已經知道了，所以才會問我這個問題，已經沒辦法了。媽媽那陣子雖然很傷心，但也沒辦法責怪爸爸，畢竟，這是他自己的選擇，他想要用這點時間多陪在我們身邊。在爸爸快要離開人世的最後一刻，他臉上掛著笑臉躺在床上和我說話，我只覺得渾身發涼……明明已經命在旦夕，卻還是沒有任何悲傷的感覺，即使在這個時候，他還是和我說……」

她的話語又開始哽咽，身體的顫抖又更加劇烈，幾乎完全說不出話來了。冠傑看到這樣的怡涵，心裡產生的悲憫之情油然而生。

「如果說不下去的話，也不要勉強。」冠傑說，但這時的怡涵像是又鼓起勇氣一般，仰望著冠傑說道：「他對我說：『怡涵，妳記得我之前問妳，妳覺得愛一個人是什麼樣子嗎？』我說記得，他又接著對我說：『每個人都有自己愛別人的方式，怡涵，妳也會有一個愛人的方式，媽媽她也有，在接下來的人生當中，妳得先學習該如何愛人。』，我問他，那他的愛是什麼？他回答我：『我的愛，就是在自己的幸福裡，也包含著別人的幸福。』」

「隔天清晨他就斷氣了。」怡涵的咖啡色秀髮隨著身軀的搖晃輕微飄逸，她盡力以不帶任何情感的語調說話，「他應該沒有想過，這段話對我影響很深，幾乎改變了我。我在這之後，因為知道媽媽很可憐，於是下定決心要好好念書，以後去一間值得驕傲的公司工作，不然媽媽不會感到驕傲，也不會得到幸福吧……」怡涵說完之後，頓時陷入沉默。冠傑大概知道問題所在了，但在開口之前，怡涵像是在喘了一口氣以後，沒等到冠傑開口又接著說：「只是，『愛』是這麼痛苦的事情嗎？以前的我從來沒想過這個問題，可是真正努力去做的時候，才發現很困難。周遭的人因為我的改變而離開，一開始我還會努力維持好關係，但之後因為沒辦法了，所以身邊幾乎沒有朋友……除了郁柔。我知道郁柔對我很好，但是，我實在沒有辦法忘記爸爸當初說的話，我想要學著像爸爸這樣的愛，因為我現在只要看到媽媽，就有很難說明的感情在心裡，覺得媽媽好可憐，可是又覺得能夠因此得到自信，一定要更努力、更努力才行。但越是追求愛自己又同時顧及愛那僅剩的唯一家人的心，使我覺得自己的幸福，好像都是假的，以前覺得很重要的東西，一下子就被毀掉，好不容易得來的幸福就這麼沒了，好像從來都不是屬於自己……」

冠傑突然笑了，那是一種毫無喜悅的笑容，也絲毫沒有聲音。怡涵注意到冠傑的表情變化，臉上的神情顯得更為哀傷。而冠傑在此刻竟是將手放在怡涵的頭上，像輕撫著正在撒嬌的貓似的。如今的他聽到了怡涵的自白，突然覺得先前的努力似乎就是為了此刻而做，心頭頓時湧上一股難以言喻的情感，悲傷、憐憫與釋然等情感糾結在一塊，他另一隻手環抱住怡涵的身軀，他不曉得這樣做是對的還是錯誤，只知道自己必須在此刻做些什麼，為了怡涵，或許也為了自己。

對冠傑而言，他也從未思考過自己對於「愛」的定義。他想起自己介入這起事件之前，郁柔對於自己身為怡涵的朋友，有義務去幫助她，因為她說她的「愛」是包容。對怡涵的爸爸來說，「愛」是在自己的幸福裡，也包含著別人的幸福。那自己的「愛」又是什麼呢？

怡涵為了要學習父親的「愛」，面對失去一個支柱的家裡，她產生了要同時令媽媽感到幸福而努力的情感，為了想要照顧媽媽而衍生的上進心催促著自己前進，卻被原本的朋友排斥，隨著自我要求的提升，這種情形愈演愈烈，雖然追求著「愛」，卻變得更加不幸。爸爸告訴她的愛的概念與快樂背道而馳。然而失去爸爸的失落又與想照顧媽媽的心重疊，令她感到不知所措。

越是遇到挫折，越是與自己視為珍貴的信念衝突。冠傑垂首凝視著怡涵，她那因眼淚而朦朧的眼神同樣注視著自己。無論是什麼樣的年紀，獨自背負這些情緒活著，實在是太殘酷了些，沒想到怡涵在那冷漠甚至有些激烈的外表下，其實一直對於自己所做所為感到難過，不想傷害別人，卻又不得不這麼做，對於一個正值青春期的人來說，自我認同以及周遭所賦予自己的價值是十分重要的，然而，在自我不被周遭接受的情況下，她所能做的唯一事情，卻是在自己的內心世界裡，獨自一人撐下去。

「怡涵，我們在這裡。」縱使冠傑此刻的心中千頭萬緒，但能夠吐出的言語卻只有這麼短短一句。不過，或許這樣就夠了，冠傑將怡涵抱得更緊，略為自私的，想要讓自己也得到安慰。

「我知道你們很關心我，」怡涵如此說道，她感覺到自己被冠傑的雙臂環抱，他身軀的溫暖傳遞到她的體內，「但是我、我果然還是很脆弱吧……」說完，她將臉龐埋入冠傑的胸膛裡，像是撒嬌又像嬌羞似的，刻意不讓他看見自己的臉，「被郁柔這麼溫柔的對待，就會害怕失去，卻因此對她更冷漠，但又因為被這麼簡單的對待，就會心軟，心裡更難受，覺得我還是好想要和朋友待在一起，也很羨慕怡涵有一個這麼要好的哥哥，自己暗自羨慕……」

原來是因為這樣才會想叫自己哥哥啊。冠傑這樣一想，似乎就能夠理解了。怡涵的自我要求，根本不是出自於單親家庭所產生的自卑，而是一種自我證明。長期的孤單使她變得自我孤立，從不想失去友情，到得到友情之後，卻因害怕失去所產生的悲傷，而把自己變得更為冷漠。

「我把這些事情說出來，只是因為我覺得自己真的撐不下去了……我發現自從面對你們之後，變得更脆弱，也更痛苦，我好怕自己沒有辦法承受下一次的失去，又怕自己沒有辦法達到爸爸的那種境界，覺得自己好像背叛了他，也背叛媽媽還有我自己。」怡涵說完後，垂頭喪氣的身軀既怯弱又悲慘，滿懷苦惱的弱小身軀好像快支撐不住。

雖然冠傑不能完全體會怡涵的心情，但多少可以感受到她內心的悲傷，即便自己很不會安慰人，但他現在將怡涵緊擁的此刻，就已經是他所能做的最大安慰。

冠傑以含雜著悲傷卻又慈愛的語調對著怡涵說：「怡涵，不要覺得妳已經失去幸福，因為幸福不是得來的。」冠傑嘗試以自己僅有的語言能力盡力安慰，「對自己有自信一點吧，妳要相信幸福是本來就屬於自己的。現在我和郁柔會在妳身邊陪妳，不也是因為妳是現在的妳嗎？即使妳覺得妳失去了幸福，卻也因此擁有另一種幸福，不是嗎？」

「是嗎？」怡涵的語調很平淡，聲音顯得有些無力。

「嗯，幸福是不會失去的，它只是以另一種形式存在而已。妳看，妳現在不也是以自己的方式在尋找自己的幸福嗎？況且，每個人都有自己愛別人的方式，妳爸爸也有說這樣的話，『愛』並不是無謂地依循別人的方式學習，而是以自己的方式慢慢成長。」

「嗯……」怡涵依舊將頭埋在冠傑的懷裡，剛才的宣洩似乎讓她耗盡力氣。

「一切都可以重新再來的。」冠傑說，「死亡對我們而言太沉重了，我們還沒有到必須去思考那麼沉重的事情的年紀，只要活著就會有轉機，如果放棄的話一切都完了。人生就是不斷的相聚和離別，要如何學著釋懷以及繼續活著，我們還要花時間去學習，但如果妳就這麼放棄，我們這些愛妳的人，也許沒有勇氣接受妳的道別。」

在這一瞬間，冠傑的話語與爸爸在床前與她訴說的話語重疊在一起，怡涵的意識幾乎中斷，她的鼻腔吸入冠傑身上的氣味，一股溫暖感縈繞在她身體裡面，她想到自己與爸爸分離的不捨，又想起在分離後所遭致的痛苦，猛烈的悲哀感襲來，但卻又因為冠傑緊抱她的身軀而被抑止，她很想哭，同時卻又湧現出一股想要再試一次的情感。

「你……也是愛我的嗎？」怡涵緩緩說道，身軀輕微扭動著，好似要將身體埋入這股溫暖當中。

「當然啊。但我希望妳能在不傷害自己的前提下，以自己的方式去愛別人。」冠傑說完之後，發現怡涵似乎不說話了，他才注意到剛才的話似乎會令怡涵誤會，但不打緊，他又順著話語繼續說下去，「妳能答應我，以後多和別人打好關係，好嗎？」

在冠傑懷裡的怡涵輕微點了點頭，隨即把剛才都低下的臉龐抬了起來，沒想到嶄露的是自從冠傑認識她以來，最為燦爛的笑容——即便臉龐依舊有兩條淚痕。

「我早就下定決心了。」怡涵笑著，以勇氣十足的口吻說道：「看到你們這麼努力，我還是想要做一點事情給你們看看。」

「愛」這件事，不論對冠傑還是郁柔、怡涵而言，都不會是那麼容易理解與明說的事情，必須得經過人生的歷練才能對此下定義，沒有人可以決定一個明確的時間點，認為自己已經足夠了解愛，所以它會在生命當中的每個歷程，展現它不同的形式，也正因為如此，才更顯得它的珍貴。

當日夜晚，冠傑與郁柔回家的路途中，郁柔的心情似乎異常的好。在看到怡涵久違的釋懷笑容時，郁柔臉上顯露的喜悅樣貌也算是久違。在途中不斷勾著冠傑的手臂，似乎是想詢問冠傑用了什麼招數，但冠傑亦是絕口不提，想要把剛才的對話與互動，當作心頭的一個祕密。

曉之一：風紀委員長

一早的會議室，寂靜得有如無風的雪原，彷彿連紙張都因懼怕而停止了翻動的聲音。

曉面無表情的盯著桌上那份字跡潦草的報告書不發一語，所有的人都望著她，等待著下一步的指令。

「想不到連假剛結束就傳出了自殺未遂的消息，恐怕學生們的情緒會難以平復吶！」

曉大嘆一口氣，將報告書翻了過來，讓空白的那一面朝向自己，自嘲似的喊了一聲。「當事人的狀況怎麼樣？」她轉頭看向坐在她右邊，染了一頭金髮的女學生。

「應該是沒有生命大礙，不過昏迷指數很高，恐怕短時間之內沒辦法醒過來。」

「傷勢如何呢？」

「有多處粉碎性骨折，不過依照醫師的研判，應該是沒有癱瘓的危險。根據傷勢來推測，可能是從四樓跳下來，不是屋頂。」

聽著報告的曉，若有所思的低下了頭。

「有目擊者嗎？」

「雖然有通知各班各組，但目前還沒有消息回報回來。校安監視攝影裝置尚未調閱。」

「我知道了。」

隨著向下下沉的語氣，曉拿起了桌上的筆，開始在紙上畫著圓圈。

「我記得……雖然沒有相關的直接報告，不過有當事人受到欺負的傳聞，是嗎？」

「依照回報，是沒有被排擠之類的現象，似乎有與同學發生爭執的紀錄。但是，似乎還不到霸凌的程度。」這次是坐在曉左手邊的高大男學生回答道。

「還沒有到霸凌的程度，是嗎？」

「是的。」

講到了這裡，大夥兒的表情都變得更加緊繃。因為所有人都知道，他們的會長東方曉，是一個極度厭惡霸凌事件的人。尤其當被霸凌者受到嚴重的傷害，她必定會使出渾身解數，讓霸凌者從學園永遠消失。

從她開始擔任學生風紀委員會的會長至今，這一年半間，已經因霸凌事件除去了二十七位學生的學籍。在學生之間有著非常高風評的她，也因此被人稱為『公義女帝』。也因為總是帶頭做事的緣故，又有『衝鋒女帝』一稱。

她就是一位那麼憎惡霸凌、並且積極做事的人。

「雖然表面上還不到霸凌的程度，但是我擔心會有後續的影響。也快要到高中部的升學考試了，為了避免節外生枝，調查還是嚴謹一點好了。這件事我想做詳細的調查。」

她將視線移開已經被自己畫得亂七八糟的報告書，朝長桌的左右兩側看了看。

「麻煩各位按照風紀偵查小組的分組，請白隊調查當事人最近的狀況，並且查出最近與他爭執的人是誰。」她看著自己右方的金髮女學生，後者點了點頭。

「黑隊麻煩請學校行政人員協助，調閱近期的安全監視裝置，看看有沒有可疑的狀況。」她轉頭看向左邊的高大男學生，後者也點頭同意。

「其他的小隊就按照本來的行動方針即可，記得及時回報各班級的狀況。那麼，解散！」

「是！」

她一聲令下，長桌旁全部的學生都站了起來，連同曉自己，所有的人都一哄而散。就像剛才的會議不曾存在一樣，所有人都轉為若無其事的表情。

這也是曉擔任會長後，整個風紀委員會所做出的最大變革之一。每一次的行動，全部都隱藏到校園生活的水面之下。看似風平浪靜，但是所有維護安全及秩序的活動，卻悄悄地積極運轉。

而這次的事件，因為涉及了霸凌的可能性，曉也比平常更加的謹慎。

「明明很久沒有出現這種事件，」曉在心中默想著，「怎麼會在這個時候……」

「也許這次的事件，會比我想像中還要複雜。」

她想著想著，不自覺的就靠在牆邊。她伸手拿出口袋裡的手機，開始翻動通訊軟體裡面的名單。

「這次就動用到那傢伙好了……葉嵐飛。」

她露出了一抹與先前的嚴肅截然不同的笑容。

曉之二：第一次交錯

曉站在屋頂的邊緣，任頭髮被肆虐的狂風胡亂的吹拂。她放開手中緊握的十字架項鍊，看著掌中留下的痕跡，感受那烙印所留下的疼痛餘韻。

「妳還是老愛跟別人約在這個一點都不舒適的地方。妳明明可以直接來學生會找我的不是嗎？」

隨著說話的聲音，通往屋頂的大門被打開，一個高瘦的男學生出現在曉的身後。他的制服扣子沒扣，裡面是一件印有一對惡魔翅膀跟雜亂英文字的黑色短衫。染成深紫色的中長髮下，隱約看得見帶戴著兩三個需要穿耳洞的耳環，一副不良學生的模樣。

「雖然說你『曾經』是不良少年，但是這模樣不會太誇張了點嗎？學生會副會長葉嵐飛先生。」

曉轉過身來，露出了她今天第一個與年紀相仿的少女式笑容。

「我也覺得有點，尤其是這件衣服。不過畢竟是女孩子送的生日禮物，偶而還是要穿來給人家看看才行。」

「你還是一樣受女生歡迎。」

「真是謝謝妳喔！但是我想跟妳受男生歡迎的程度相比，我看我依然望塵莫及。」

這像青梅竹馬一樣的拌嘴，在兩人之間早就習以為常。不過，這算是他們私底下比較不為人知的相處模式。然而從實質上的層面來看，這兩人的相遇，卻總是讓其他人有著應該更加在意的理由。

嵐飛自己也知道，曉並不是個會沒有原因就找他過來的人。嚴格來說，兩個人並不算是多好的朋友。所以與其用朋友來形容，不如用「夥伴」來稱呼還比較洽當。

「所以說，找我來果然是為了那件事情嗎？」

「沒錯！就是早上的事情。」

曉收起了開朗的笑容，轉變回嚴肅的態度。嵐飛則是微微的皺眉，順手把被風吹得亂七八糟的襯衫給扣上。

「我聽說是自殺未遂。有什麼特別可疑的嗎？」嵐飛問，側身躲到了比較沒有風的角落。

「疑似霸凌。當事人近期似乎有跟同學爭執的現象。」

「霸凌……是嗎？」聽到這個詞彙，嵐飛的眉頭鎖得更緊了些。

「從我們升上二年級以來，接近霸凌的事件都頂多到稍有排擠或是有些微的攻擊行為就會被阻止，演變到當事人產生自殺舉動還真是第一次。事情來得太快太急，我覺得事有蹊蹺。」

「妳說是疑似霸凌……這部份有沒有考慮到當事人的心理狀態？」

「我剛剛得到的資訊是連續六年都正常啦！畢竟我們學園從國中開始每年都會有身心評估的檢測，心理評估部分我覺得相當專業，可信度應該很高。」

曉拿出公事專用的手機，看著銀幕上亮出的許多訊息。那些都是她剛才請風紀委員會的同伴去調閱的相關資料。

「在妳的眼皮下面還能有霸凌發生，我想光這一點就不太尋常了。」

「你就別損我了。」

嵐飛哈哈的笑了幾聲，雙手在胸前交叉了起來。「所以，妳有什麼打算？」

「你能稍微動用一下你的情報網嗎？現在都已經中午了，我這邊還沒什麼進展，我覺得從我這裡應該沒有太多有用的情報。我的人效率沒這麼差。」

「班級網絡資訊確實還是有限。不過，我這邊的情報網也不能說多厲害，也頂多是方向性稍有不同罷了，妳期望可別太高。對了！除了調查情報網之外，妳還有什麼打算嗎？」

「暫時沒有，先等有比較明確的情報或是資訊之後再說吧！」

語畢，曉一個轉身，逕自走向了屋頂的大門。嵐飛感覺她的話似乎還沒說完，於是便跟了上去。

「與其說沒有，不如說有太多方針，只是情報還沒出來，所以無法決定要用什麼方式吧！」

在樓梯間，嵐飛向曉這麼說到，但是曉卻只是乾笑了幾聲。

「哈！我可沒那麼厲害。我只能保證只要有兇手存在，我一定會想辦法逮到他，並且讓他不要再有機會破壞學園的風紀秩序。雖然我們這年紀的人都愛玩愛鬧，不過欺負別人這種事可不一樣。」

「妳還是一樣嫉惡如仇。」

「算是吧！畢竟『公義的女帝』可不是被叫假的。反正比較皮的那些傢伙大部分都在你的管理之下，所以不太容易出紕漏。最可怕的還是那看起來乖乖的，腦子裡面卻有一堆問題的傢伙。唉……」

兩人邊講邊走下樓，很快的就進入了學生群之中。隨著身旁投射而來的視線以及呼喊兩人職稱的招呼聲開始此起彼落，他們也很快地就停止了話題。

雖然兩人彼此已經相當熟悉，但是在合作搭配上，這樣的組合對許多學生來說還是相當特別。而且畢竟身旁都是正值青春期的高中學生，所以每次搭配後，總是會有一些「不實」的傳聞到處飛來飛去。

這在兩人眼裡，這部份其實也早就習以為常了。但是即使是為了彼此的利害關係，有時候這種「負面」的附加價值也還挺惱人的。尤其雖然這對沒興趣談戀愛的曉來說其實無關痛癢，不過對有心上人的嵐飛來說就相當棘手了。這一點曉也非常的清楚。

「其實我不覺得我們很搭啊！這些鬼傳言真的很煩。」嵐飛突然沒來由的說著。

「不會啊！」曉聽了之後刻意露出了迷人的笑容，回頭看著正用詭異眼神看著自己的嵐飛。

「首先，身高。」

「身你個頭啦！」

她沒想到嵐飛會故意用這點來提出反駁，於是狠狠的往嵐飛的小腿上踢了一腳，痛得嵐飛大叫了一聲。當然曉本身也是以玩笑在看待這個話題，不過由於嵐飛身高將近一百八十公分，所以這對於身高才超過一百六十公分一點點的曉來說，簡直是種侮辱。

「你有膽再跟我講身高，我就用合氣道對付你。你這是公然的侮辱。」曉脫口說出了威嚇的話，表情突然變得冷淡多了。

「妳這樣是有求於人的態度嗎？欸！痛死啦！妳才是公然的恐嚇啦！」

「什麼有求於人，這只是共同調查程序。你不服氣我也可以直接找會長，反正最後還是會派你來協助調查啦！學生會副會長暨情報調查組組長葉嵐飛！」

「臭女人……」

在這一陣你來我往的攻防後，嵐飛怕再被這個武術全能的女孩攻擊，只好把咒罵的話吞到肚子哩，留下了一句誰也聽不到的嘟囔。

其實兩人之前合作的時候，就已經培養出相當的默契，包含這一陣鬥嘴，也都在這份彼此互相的認知裡。這也是曉只要遇到風紀委員會可能難以獨自應付的問題，就會主動優先找嵐飛協助的原因。

當然學生會與風紀委員會的合作關係已經很久了，但這兩人的搭檔更是將兩個團體的密切度推到顛峰，也算是在曉的任內非常大的功績之一。

「撫平痛楚」之後的嵐飛連忙跟上了曉的腳步，並且拿出公務用的手機開始在上面劃來劃去。曉知道這是他開始在進行聯絡的事宜，表示兩人這次的合作關係正式開始。

「妳這次有什麼比較明確需要的消息嗎？」嵐飛頭也沒抬的說著。

「只要跟當事人有關的所有消息我都要，越詳細越好，當然學籍、成績、家庭這類的資料我都可以輕易得拿到，不過一些私人的事情、交友狀況等等從風紀委員會的角度比較難得到。如果有比較詳細的交友互動資訊當然是最好。」

「妳總是給我們很大的難題。」

面對曉冷靜而且嚴肅的發言，嵐飛露出了苦笑。

「這種事情也只有你們才辦得到吧！」

「或者說只有我吧！畢竟我的情報網稍微跟別人不太一樣。或者說，我『獨立』的情報網。」

「就跟警察與線民的關係很像。」
「欸！別講得好像我那些朋友都是犯罪者一樣。」
「哈哈哈！」
雖然在用詞上，曉依然帶有著些許的諷刺，但是她也明白嵐飛的想法。畢竟從大眾的角度來看，嵐飛這群所謂的「朋友」，確實是被貫上了不太好的名號。
不過從嵐飛的角度來看，這些人並非是一群敗壞社會的存在，而是相較於社會整體的價值觀，這些人是屬於比較有行為偏差的，但是這並不表示他們就一定是壞事的禍根。
這也就是嵐飛專屬的情報網，那些在學生中被稱為「不良」的人們。
曾是這群人之一的嵐飛，在所謂的「改邪歸正」之後，依然支持著這些他曾經的好友們。不但在加入學生會之後，帶頭調整學生會對違反校規學生的態度、幫他們爭取福利，也多次讓學生會與這些不愛上課、喜好玩樂的學生們有了合作的機會，以至於在現在的今天，不但學生們喜歡嵐飛這位副會長，不良學生們也都很挺他。
「這次的當事人是三年級的劉勝德吧？」

「嗯。應該算是你情報網範圍內的人？」曉無聲的哼了一下，拿出自己絲毫沒有動靜的公事用手機，在上頭隨意的滑了兩下，最後又收到制服裙子的口袋裡。

「是啊！算是比較混的學生。不過也不是什麼顯眼的人物。」

「有什麼情報嗎？」

「妳等等嘛！為了妳這個案子，我現在一次要回十幾個人的訊息了。我可沒熟練到像是高中女生一樣，打字就像在飛。」嵐飛不耐的揮揮手，同時快速的在手機上面輸入文字。看得出來他顯得有點混亂，連腳步都不自覺的停了下來。

「你是在說誰不是高中女生的意思嗎？」曉聽出嵐飛的調侃，當然她也知道現在暫時不是兩人拌嘴的時候，只不過依然習慣性的回了一句。

「咦？」突然，嵐飛發出了疑惑的聲音。這讓曉心上那根繃緊的弦猛烈的震了一下。

「嘖……妳現在有空嗎？」

「怎麼了嗎？我還沒吃午餐。」

「那就去餐廳好了。想不到這次有效的訊息來得滿快的。」

嵐飛比了一個邀請的手勢，曉也明白他的意思。

「意思是已經找到很有力的情報了？」

「說有力，不如說是很明確吧！不過還有一些需要確認的消息就是了。我請朋友直接到餐廳碰頭，這樣會比較快。」

曉順著嵐飛的手勢轉向另一條走廊，走過他們身邊的學生又變得更多了一些。

現在正值中午休息的時間，大部分的學生會在校園內到處穿梭，兩人正準備前往的學生餐廳，現在也正是最擁擠的時候。

因為學園內的餐廳不但經濟實惠、選擇眾多又有著優良的品質，所以大部分的學生都會選擇在學生餐廳用餐，而非自行攜帶餐點到校。

高中部的學生餐廳位在中央教學大樓的二樓到四樓，裡面提供了將近一千五百個可用餐的自由座位，以及超過二十家的餐點供應商。曉跟嵐飛從西棟教學大樓、也就是二年級校舍的空中走廊走向餐廳。這條路是西棟教學大樓唯一直達餐廳的路線，所以很快的，兩人眼前的路已經被學生們擠得水洩不通。

嵐飛跟在曉的身後，只用眼角的餘光往前瞄，主要還是將注意力集中在手機上，不停的跟傳來訊息的人們交談著。曉則是因為擠在人群之中，由於本人太過有名且相當受到歡迎，即使是這種不太舒服的行走環境，還是要忙著跟四面八方迎來的招呼聲一一回應。

「我們等等直接到三樓，已經佔好位置了。」隨著人群的步伐逐漸變得更加緩慢，嵐飛頭沒也抬，一邊回著訊息，一邊跟曉報告著。

「三樓？那就請他們幫我買輕食吧！」

「兩個時蔬捲餅加紅茶無糖去冰？」

「烤雞！」

「好，兩個烤雞捲餅。蔬菜加倍？」

「加倍。」

也因為兩人有時會像這樣一起聯手處理棘手的案件，嵐非也早就熟悉曉的飲食習慣。兩人每次要搭配處理事情，往往都會跑到餐廳去。畢竟餐廳不必像圖書館一樣忌諱討事情的音量與空間問題，也不必像學生會辦公室之類的地方，需要顧忌參與事情的人是什麼樣的身分。

曉疲乏的與身旁幾個跟自己幾乎可以說只有一面之緣的學生們隨意的聊著，感覺自己不知道為何有點像是陪笑人員。她拿出公事用的手機，假裝忙碌的看了一下，發現正好有少許的訊息傳送進來，趕緊揮揮手表示自己有事在身，逃開了一些自己覺得毫無建樹及意義的問題與討論。

她細細讀著來自各小組的一些簡易的報告，但是從中也找不到太多有建設性的幫助。雖然裡面有部份支持她一開始所知的、也就是所謂支持「霸凌的可能性」的訊息，不過內容都太過片段，大多都是同學的說詞，實在是沒有辦法成為有力的情報，而且也都沒有帶頭霸凌者的訊息。

這讓她一時之間感到有點灰心，甚至覺得風紀委員會的情報網有時還真是沒用。

不過，她同時也意識到，就是因為這次的事情有涉及到霸凌的可能性，所以她自己才會那麼激動並且心急。甚至連跟風紀委員會的夥伴討論都沒有，就直接動用與學生會的關係來調查。

「別走錯樓梯喔！」

嵐飛突然的提醒，讓曉從沉思中回過神來，趕緊轉往另一個方向，順著空中走廊旁的通道走向三樓的樓梯。

「在那邊。」嵐飛指著一個位在遠處的方向，曉可以清楚的看到在一片人海之中，有一個顯眼的白色在其中。而曉一看到那個還完全看不清輪廓的影子，也不知道為什麼，腦中反射性的投射出了某個女孩的樣貌。

「那是愛麗絲？」她回想起記憶中那個在高中部裡面最為顯眼的那個外國女孩，也想起她似乎跟嵐飛同樣隸屬於學生會。

「是啊！我也想不到她那邊竟然會有消息。反正我想妳跟我那些『朋友』吃飯也不太自在，如果是學生會的人，應該就好多了吧！」嵐飛露出一個壞壞的笑容，立馬被曉白了一眼。

「真是謝謝你喔！我才沒有那種偏見。」

「除了一直糾正他們爆粗口之外，似乎是沒有啦！」

「當然啦！哪像某人，跟那些人混在一起的時候，就好像變了個人。要是不認識你的人，還以為你是哪裡來的流氓呢！」

「真是謝謝妳的誇獎喔！」

兩人一邊吵嘴一邊穿越滿山滿谷的人群，好不容易才來到了那個有著一頭白金色短髮，長相非常俏麗的女孩身旁。依照曉的印象，她叫做愛麗絲·偉恩，是大學部某位教授的孫女。

愛麗絲雖然有著天然的異國髮色，但是臉型輪廓倒與東方人較為接近，這也是她擁有著多國混合血統的證明，外表貌美的程度似乎連不少同性都視為某種崇拜的標的。

而她的身旁則是坐著兩位跟她相比之下顯得幾乎沒有存在感的女學生，曉記得她們好像也是學生會的相關人士。

「東方學姐，好久不見。」愛麗絲用她那幾乎沒有外國口音的流利中文跟曉打了聲招呼。這樣的稱呼讓曉相當的不習慣，不過她也知道對於像愛麗絲這樣的外國人，稱呼對方的姓氏才是基本的禮儀。

「真是好久不見。想不到這次會勞駕到妳呢！偉恩同學。」

「學姐真是見外，叫我愛麗絲就好了。快坐下吧！不然午餐都要涼了。」

大家互相寒暄了一下，五個人圍著圓桌而坐。愛麗絲伸手阻止了她身邊打算拿出資料的同伴，要大夥兒先用午餐，公事之後再談。

為了讓事情有所進展，曉優雅但是迅速的將愛麗絲等人先幫忙點好的餐點吃光，無視還在細嚼慢嚥的嵐飛，搶先打開了話題。

「那麼，這次學生會又要給我什麼驚喜呢？」

「也稱不上是什麼驚喜啦！總而言之，會是有實際作用的消息。那就麻煩妳了，陳同學。」

「好的。」

愛麗絲身旁的短髮女學生拿出了自己的平板電腦，在上頭做了一些操作後，將螢幕轉過來給曉跟嵐飛看。

那是一段影片。

影片沒有聲音，而且可能因為拍攝者的緣故，畫面也晃動得相當厲害。不過兩人都清楚的看到畫面中有一位學生似乎正被兩個學生圍在牆角，在一間沒有人的教室裡面說話。雖然看不到另外兩人的臉，但是被圍著的學生，正是早上自殺未遂的學生劉勝德。

影片只有大約十秒鐘，螢幕馬上就亮出了停止播放的標示。

「這個是？」嵐飛眉頭緊鎖，吞下了他最後一口的午餐。

「是三年級的一位女學生拍攝的。她是說剛好經過沒人的教室，聽到吵鬧的聲音，所以就過去拍了起來。根據那個女生的說法，比起單方面的欺負，感覺當時比較接近爭執。」短髮的女學生這麼說到。

「不知道另外兩個人是誰嗎？」曉因為覺得事情總算有所進展，所以顯得有點激動。

「還不知道。因為兩人的特徵太一般了，沒有染頭髮，髮型跟身材也沒有特別顯著的特徵。」

「這段影片是什麼時候拿到的？」嵐飛則是問了一個曉忘記要在意的問題。

「其實，這是兩個禮拜前的事情了。」

「兩個禮拜？那為什麼沒有經過到我這裡，或是轉交風紀委員會呢？」

嵐飛看了曉一眼，她也似乎從嵐飛的疑問中聽出了什麼懷疑。

「呃……」短髮的女學生遲疑了一下，顯然是不知道該怎麼開口。

「就我所知，應該是有知會過劉同學的班級導師，因為班級導師說會觀察一下，所以事情才停在待調查的階段喔！」愛麗絲插話進來，讓短髮的女學生顯得有點尷尬。

「知會班導？」曉有點訝異。

「嗯……應該這麼說……」嵐飛開口，「有些學生自己的私人紛爭或是還不嚴重的事件，學生會的第一階段處理是由受理的單位知會班導師，由班導師先做初步的了解或是調停。除非發生比較嚴重的事情，才會進入學生會的調查程序，或是轉到風紀委員會那裡。」

聽了嵐飛的說法，曉才明白學生會跟風紀委員會的作法有所不同，並不是所有學生風紀相關的事情都會直接呈交到風紀委員會。

「所以說，等於事情還停留在導師觀察的階段嗎？」曉隨口問著，腦中一面吐槽著學生會這個多重判定呈報機制的漏洞，一面回想早上才剛來到學校就被迫面對的『慘狀』。

「其實不是喔！我剛剛收到副會長的消息之後，因為想起上週有跟這位劉同學有關的事件，所以馬上就去調出資料。看了影片之後，也馬上回去再看過一次報告。不過，班導師上星期四給予的回報是『已經解決』喔！」愛麗絲這麼說到。

「『已經解決』是什麼意思？所以已經沒事了嗎？」

「這就要看一下另外一份資料了。」

愛麗絲露出一個俏皮的笑容，然後轉頭看向坐在另一邊的長髮女同學。

「呃……是的。是這樣的……」

長髮的女學生拿出了手機，打開了通訊軟題，檢視上頭的對話紀錄。

「我這邊有一份對話紀錄，是手機截圖。」

她將手機交給曉，曉跟嵐飛兩人看了對話紀錄後，互看了一眼。

那是幾張連續的圖片，裡面是一個小型的群組對談，雖然裡面的人都是使用暱稱，幾乎看不出來是哪些人在對話，不過對話裡面正在提到的人，正是那位劉勝德。

「感覺這傢伙似乎正在被針對某件事情呢！」嵐飛看著對話紀錄，眉頭深鎖。

「裡面有很多次出現『不關他的事』或是『怕他會說出去』之類的用詞，好像是他知道某個祕密的感覺。」

嵐飛轉頭看向反覆閱讀著紀錄的曉，卻看到了曉訝異的神情。

「這個對話紀錄的時間，是上週五。」曉默默的念出這段話。

「上週五？意思就是四天前而已嗎？不對，意思是這些討論發生在老師的回覆之後嗎？」嵐飛露出了跟曉相同的訝異神情，馬上就想到了一樣的問題。

「最後是這個。」愛麗絲拿出了自己的公事用手機，打開通訊軟體，從裡面開啟了一個音效檔案。

「為了不讓外人聽到，請兩位靠近一點聽。」

兩人聽了愛麗絲的話後，互相將耳朵靠近手機，然後由嵐飛按下了播放鍵。

在一陣燥動的聲音後，傳來一個有點沙啞的男聲。

『那傢伙最近好像很緊張的樣子。這件事的好處是他根本不在意的事情，利誘根本沒用。我看事情有點不太妙。』

回答的是一個聲音有點尖銳的男聲。

『媽的！那傢伙根本守不住祕密。要是洩漏出去，我們他媽的全完了！』

然後是一個低沉的男聲。

『我想威脅也夠了、利誘也夠了。我們得想辦法讓他閉嘴。』

接下來，聲音就完全停止了。看著螢幕上的停止符號，曉跟嵐飛面面相覷。兩人都認為，雖然這個錄音檔非常短，內容也非常模糊，不過裡面卻好像正說著一件非常重大的祕密。

「這是你的某個朋友傳給我的。」愛麗絲看向嵐飛。

「是愛麗絲粉絲俱樂部的人吧……所以，他怎麼會有這個音檔？」嵐飛將手機還給愛麗絲，一面這麼問到。

「他是說這是他在廁所裡面錄音的喔！那三個人並沒有發現他在裡面，

好像是廁所門鎖那個換顏色的裝置壞掉的樣子。因為他覺得前面的對話聽起來有點危險，所以就趕快錄了下來。不過這幾個人的對話好像就只到這裡而已。」

「所以前面的對話……他知道這些人是在說什麼事情嗎？」

「這個我也問過了。不過他說那些人非常小心，完全沒有提到是什麼事情。」

聽了愛麗絲的話，曉跟嵐飛再度互看了一眼，兩人都覺得事情似乎比當初預料得還要嚴重。從這幾個情報來看，事情似乎不是單純的霸凌，而是有更嚴重的內幕。而從最後的音檔來判斷，這個需要保守的祕密應該也是相當嚴重的事情，而且牽涉的範圍應該不小。

「因為事情似乎非同小可，基於保護當事人原則，我們各自會暫時保密情報提供者，等到需要他們出場作證。」愛麗絲微笑著說到。這是學園中重大事件的調查原則，學生組織們採取跟警政單位相同的制度，也屬於社會學習的範疇之一。

「嗯，我知道。不過資料可以轉貼給我吧？」

「當然沒問題！」

對於事情的發展，曉感到有點頭痛。不過為了能夠了解事情的真相，以及貫徹自己的作風，她決定要繼續追查下去。而嵐飛也了解身旁這個被譽為「衝鋒女帝」的女孩一定會選擇追查下去，身為學生會情報調查組組長，對於繼續追查這個看起來相當嚴重事件，他當然也是責無旁貸的。

「那麼，我們就先離開了。預先祝兩位調查順利囉！」

「感謝妳的情報，我們會努力的。」

愛麗絲招呼了兩身旁的兩位學生一同離去，她那看向曉的眼神中似乎帶有點什麼。曉看著愛麗絲，雖然不明白那眼神中的意思，不過她也知道，這個女孩一定是從眼前的線索中看出了什麼端倪。那個半閉的藍色眼眸好像是一種警告，又像是一種擔憂。

愛麗絲離開後，曉低下頭去沉思著，而嵐飛則是靜靜的看著她，就像風紀委員會的人們一樣，正等待著這個「隊長」決定下一步的動作。

「看來，事情似乎比預期的還要複雜。」曉在腦中不斷重組著剛才所得到的情報，顯得有些混亂。這些資料來得太快太急，一下子就把事情放大到出乎預料的程度，實在是她始料未及。而且愛麗絲的眼神，似乎帶了點警告的意味，也讓她深感憂慮。

但是無論怎麼左思右想，曉都覺得這次的事件演變得過度棘手。一開始以為是因為被霸凌而選擇走上絕路的學生，過了一個中午，突然變成幾乎是遭受謀殺的嫌疑。因為太過出乎預料之外，反而讓曉覺得這些情資是否是出了什麼差錯。

「這也不算是複雜吧！但是一定比一開始所預料的還要棘手。」嵐飛也反覆的咀嚼著眼前剛得到的新線索，一邊盡量讓表情不要顯得太過嚴肅。

這時，曉突然大嘆了一口氣。

「也許，我們需要更多一點的情報。」

聽著她所說的話，嵐飛突然感到一股寒意。

「妳的意思是？」

「我們去找『圖書館』！」

曉露出了堅決的表情，看向一臉震驚的嵐飛。

乃芯之二：少年的身影

也不知道花費了多少的時間在煩惱自己身為隊長的職責是什麼。也不知道花費了多少時間整理組員們回傳的資料是什麼。這讓乃芯幾乎筋疲力竭。雖然她依然端端正正的坐在椅子上，但是內心裡的她卻恨不得能躲進自己的被窩裡，最好這些事情都跟自己無關。

最重要的是，原本乃芯以為昨天的那一則訊息已經夠令人震撼，想不到到了隔天，學園中就傳出另一則令人意外的消息，讓乃芯心頭上的大石頭又變得更沉重了點。

那是個有一位三年級的學長跳樓自殺未遂的事件。

「真是的，這根本是給我們添麻煩。」湘吟一邊啃著她那一份不知道為什麼每次都會被壓爛的早餐三明治，一邊看著一份來自小組的調查報告。那份報告乃芯手上也有一份，不過與其說是調查報告，不如說只是一份訊息而已。

「這該怎麼辦才好？」乃芯看著反覆閱讀報告的湘吟，聲音有一點顫抖。

「通常，我們是會去調查這類的事件啦……」也不知道看了幾遍之後，湘吟將報告丟下，翹起腳放到桌子上，「不過我想還是『流出』事件比較緊急。我是聽說這次有可能會驚動到警方之類的，畢竟這是違法的事情，就算是我們，偶爾也是需要當一下正義先鋒．這種事情真煩。」

乃芯看著湘吟一副悠哉的態度，心中的擔憂依然沒有減少。

從身為「梅組」一員以來的乃芯，一直對身為副隊長的湘吟抱有一絲的敬意，同時也覺得她相當的神祕。因為無論何時，湘吟幾乎可以很適時提出一針見血的意見，在每次小組會議中提出的觀點也都很新穎或是明確，從來沒想到她在生活中是那麼一個講話帶刺的人。

同時，也因為自己擔任了隊長一職，湘吟與自己的關係就從幾乎只有會議中會見面，變成三不五時就要聯繫。她那性格對自己情緒的影響，也就變得深刻的多。

「不過，我們還是該有一部份的人手去調查自殺未遂的事件吧？」乃芯嘀咕著，雖然心中對真實的湘吟其實有一點顧忌，但依然希望她能夠給予自己更多意見。

「當然，只不過這次，我希望人數能夠控制得少一點。」湘吟說。

「意思是重心依然放在『流出』事件嗎？」

「當然啊！而且妳接下隊長之後，馬上就遇到這麼棘手的事情，我想妳一定分身乏術吧？」

聽了湘吟的這番話，也不知為什麼，乃芯心中突然覺得有點溫暖。

「所以我是打算帶兩三個人去調查，『流出』暫時就交給妳負責。」

但是想不到，湘吟卻語出驚人的這麼說。

「咦？」

「咦什麼，這應該是最好的解決辦法吧？」湘吟放下了翹到桌上的雙腿，身體前傾、雙眼直視著乃芯這麼說到。

「可是，這等於是小組要分頭行動……的意思？」

「嗯，對啊。像這種小事件由我親自出馬的話，應該可以很快就解決才對。通常我是不負責調查這種事情的，不過，也算是幫妳分擔一點工作吧！」

湘吟說完，又往後靠到了椅背上，「而且，我也安排了一個人，我想他非常適合擔任你的助手。」

「咦？擔任我的助手？」

「是啊！該怎麼說……應該可以說是優化插件吧，呵呵！」

看湘吟冷冷的笑著，乃芯突然又覺得自己跟這個副手的距離相當的遙遠。當然，她也開始擔憂湘吟安排給自己的助手會是什麼樣的一個角色。

這時，一個身影出現在兩人所在的影音室的門外。雖然這讓乃芯嚇了一大跳，不過那身影氣喘吁吁的樣子，卻又讓她感到一絲的憐憫。

「你……你好……昨天……」

聽著這上氣不接下氣的講話聲，很明顯的來者是一個男生。乃芯從他的聲音聽得出來，這個男生一定從來沒有在這麼早的時間來到圖書館大樓。畢竟圖書館大樓直到八點半學校職員開始上班之前，除了特定人士，大電梯都是沒有辦法搭乘的，所以要抵達兩人所在的十樓，必須爬九層樓的樓梯。那是很累人的事情。

「你進來吧！」湘吟這麼說到，看來那應該是她找來的人。

於是幾秒後，影音室的門被慢慢的推開，走進來的是一個看起來有點木訥的短髮男孩子。他的身高不高，外表也沒有什麼特別之處，但是卻讓乃芯有種莫名的親切感。

「跟妳介紹一下，這位是呂冠傑，就是我剛說的新人。」

「咦？」

「咦？」

正當湘吟對乃芯這麼說，想不到不只乃芯感到訝異，連這位呂冠傑同學都同時發出了疑惑的聲音。

「咦什麼，快自我介紹一下，冠傑。」

「呃……兩位學姐好，我是呂冠傑，一年級。興趣是……不對！賴、賴湘吟學姐，妳還沒跟我說這是怎麼回事吧？」

乃芯看著這個有著慌張模樣的一年級生，馬上就明白為什麼自己第一眼見到他，就有種莫名的親切感，也大概可以理解為什麼湘吟會說他是適合自己助手的人選。

現在的呂冠傑，就像自己剛加入圖書館的時候一樣，是個看起來相當認真而且慌慌張張的人。從他緊張的神色來看，似乎是還不了解這一切是怎麼回事，就掉進了這淌混水之中。

就跟自己當時完全一樣。

「呂冠傑同學，你應該聽過圖書館吧？」乃芯用柔和的聲音問到。

「呃……當然聽過啊。這裡不就是圖書館嗎？」

「不，我不是這個意思。」

看著冠傑錯愕的神情，乃芯更加感受到這個一年級男孩跟自己是有多麼的相似。當初的自己，也是那麼的懵懂、那麼的單純，連「圖書館」是什麼都不太明白，就莫名其妙的加入了，也難怪自己剛加入的時候，總是感受到許多同僚異樣的眼光。這也是無可奈何的事情。

乃芯簡單而清楚的講解了「圖書館」在外人眼中的認知，並且不時的偷瞄湘吟，確認自己沒有多講什麼不該說的東西。這也讓冠傑瞪大了眼睛，似乎非常驚訝學校裡面還有這個神祕的組織。

「你應該多少聽過傳聞吧？像是想知道誰的祕密就要去找誰啦，之類的。」湘吟趁著乃芯講到一個段落，插話進來說道。

「呃……確實有聽過類似的傳聞。」

「沒錯，那就是我們。總而言之，你就當我們是學園裡面的紀錄者，同時也是最大的情報網就可以了。」湘吟蹺起二郎腿，用興致勃勃的眼神看著乃芯以及冠傑，「歡迎你的加入。」

「等、等等，加不加入什麼的，難道不用經過我的意見嗎？」

冠傑的聲音聽起來似乎有點猶豫，但是乃芯總覺得，就是這份猶豫，才更能彰顯一個人對於事情的認知，有著看重事物意義更勝於事情本身的含意。

「呂冠傑同學，你有想守護的東西嗎？」乃芯苦笑的瞥了湘吟一眼，然後便將視線完全停留在冠傑身上。

「呃……這應該每個人都會有吧？」

「這可不一定喔！想要留在身邊的東西，跟想要守護的東西，是不一樣的。」乃芯看著冠傑，不禁憶起一年前的自己，露出了微笑。

「想要守護的事物，不是只是想要擁有而已，而是如果要選，會願意付出自己來交換的事物。在現在這樣的一個社會型態之中，擁有力量的無非就是地位、金錢、再來就是資訊。其中我認為最強大的力量，已經從地位跟金錢轉移到了資訊上。」

「在現在這樣的資訊時代中，如果失去了資訊，那麼地位跟金錢的力量就會變得非常薄弱。雖然說，地位以及金錢都是能夠擁有資訊的手段沒有錯，但是若說想要掌握全部的資訊，再大的地位或是再多的金錢，我想都是不夠的。」

「而我們『圖書館』，就是資訊的蒐集者，同時也是資訊的守護者。而且我們與其他的單位不同，不是為了地位或是金錢而掌控資訊，我們要的是真相，也就是說，我們是真相的守護者，是事實的保衛者。」

「無論當權者如何，無論金流如何位移，我們依然固守本來的職分。即使歷史是贏家創造的，但是事實是永遠不變的。我們就是這樣的一個組織，守護著真相。你不覺得這樣的工作很有價值嗎？」

「呃……」冠傑聽著乃芯的說詞，一時之間似乎不知道該說什麼才好。

「而且，如果要為了守護什麼，只要我們知道了真相，我們可以自由的選擇公開這份資訊，或者是要隱瞞資訊。能夠如此運用這份力量的，就只有我們『圖書館』了喔！」

「或許，你依然不明白自己為什麼受到邀請，或者是覺得自己好像並沒有特別適合這個團體的能力，但是相信我，只要嘗試過後，你一定會發現自己從來沒有見過的一面，同時你也一定會發現，自己也是擁有著能夠守護重要事物的力量的。」

乃芯看著眼神中充滿了困惑與猶豫的冠傑，再一次的露出了淺淺的笑容。

這段話，是一年前邀請乃芯加入的欣澄學姐所說的。雖然說法不同，但是大致上內容是相同的。當時，乃芯自己也正懷疑著為何會收到邀請而顯得緊張而且猶豫，同時，也困惑著平凡的自己為何會受邀加入一個這麼特別的團體。然而在加入之後，乃芯才明白原來大多數的夥伴，都有著同樣的疑惑與煩惱，卻也確實的在「圖書館」裡面找到了相應的職分。這是很特別的一件事情。

而且對乃芯來說，能在接下隊長的職務後的兩天內就說到這麼一段話，對她來說更是一件特別的事情。

「我……一定得今天答覆嗎？」冠傑看著微笑的乃芯，以及掛著壞壞笑容的湘吟，心中似乎依然是相當的猶豫。不過乃芯從他的眼神中看得出來，其實冠傑已經從自己的話中聽到了些什麼。那是跟自己一年前相同的反應。

「是不必，但是如果你現在就加入的話，我想你應該能對我們現在正在調查的事件，有著決定性的影響。」湘吟放下了蹺起的二郎腿，換了一個表情，正經的凝視著冠傑。「這件事情重大到跟整個學園都有關係，而且絕對可以被稱為『守護某些事物』。這件事情相當緊急，所以我們也需要人手。只不過，如果你沒辦法現在就決定的話，我想我們也暫時沒空去理你了。」

聽著湘吟的話，乃芯知道她丟出了一個魚餌，搭配剛才自己所說的，對冠傑來說無疑是相當強的誘因。雖然乃芯不明白為何湘吟會找上冠傑，也不知道這件事情會如何做結，但是如果說從以往的經驗來看，湘吟的出手，絕對是事關重大的決定。

「為……為何會找我呢？」冠傑眉頭深鎖，苦思了一陣子後，勉強擠出了這段話。

面對這個問題，乃芯心中早就有了一個答案。而且她相信，湘吟也會是相同的答案。

「因為，我們需要像你這樣的人。」乃芯跟湘吟異口同聲的這麼說到。

外章：躲藏的身影

下午課餘時分，賴湘吟的眼神故作平淡，纖細的指尖輕輕地在手機螢幕上滑動，內心中早就充滿了各種想法與估算。

「這樣一來，乃芯那邊就萬無一失了。剩下來的就是把另一個小問題給處理掉。」

嘴中時常帶著幾乎無聲的嘀咕，加上看上去就一副沒睡飽的表情，才是賴湘吟這號人物在同學們眼中的標準狀態。她的朋友幾乎可以說沒有，但是也不會惹人討厭。一言以蔽之，就是存在感很薄弱。

這是她故意設計好的人際體系。這樣所有的事情與行動就很容易隱藏在這樣的外表之下。

更何況，自己的班上又有著一個格外令人注目的存在。

東方曉。學生風紀委員會會長，成績位於校排前十名以內，體育萬能，甜美的外表、姣好的身材，再加上有著非常謙和以及迷人的個性，簡直是學園中的萬人迷。

與這樣的人在相同的班級中，所有的視線以及注意力都會被她給吸引過去，更是適合擔當隱蔽湘吟的標的。而且，對身在圖書館這樣特殊團體的湘吟來說，東方曉這條線也是很好的情報來源。

尤其是今天，發生自殺未遂事件的日子，想必學生風紀委員會應該也會有許多動作。

湘吟看著正頻繁的操作著自己手機的東方曉，勢必是在接收相關事件的訊息。

反正只要能順利的獲得事件的相關資訊，並且將資料輸入圖書館的資料庫就好了吧！

「駭進她的手機又不難，也不是第一次幹這種事了。」

湘吟熟練的使用著自己改裝過的智慧型手機，利用裡面的程式輕鬆的將指定的手機畫面投射到自己的手機螢幕上來觀看。可是螢幕上卻出現了一些她無法忽視的訊息。

「『妳知道找上圖書館會遇到什麼樣的狀況嗎』……這是什麼意思？」

她仔細的閱讀著東方曉手機畫面中顯示的對話，交談的對象是學生會副會長葉嵐飛。兩人對話整體上都圍繞著今日的自殺未遂事件，不過事情似乎比她想像中的還要複雜許多。

「不過……要找『圖書館』啊……」湘吟用手遮住嘴巴，露出了笑容，「很久沒遇到這樣的機會，看來該是借力使力的時候了。」

她的眼神也變得銳利了起來。

曉之三：交涉

當晚，曉幾乎完全睡不著。因著嵐飛的意見，曉決定先把圖書館的事情放在一旁，專心拼湊眼前所現有的資料。

不過，即使在下午風紀委員會內部也回傳不少消息，但是裡面都沒有任何具決定性的指正，也沒有對於當事人身邊最近有什麼可疑的事情提出的情報。

其中最令人感到灰心的是，所有的消息之中，都沒有任何指認關於當事人最近是否受到哪些人特別關注的消息。意思就是，到現在還沒有任何嫌疑人。

這讓曉決定去找「圖書館」的決心，又更堅定了一些。

「我真沒想到，妳竟然毅然決然的要去找『圖書館』。」

隔天一早，曉就傳訊息約了嵐飛出來。兩人早在還沒進入晨間自習的時間就先碰了面。

「經過一個晚上，你有什麼頭緒嗎？」

曉因為這次的事件，一整晚都沒睡好，但是她依然買了兩人份的早餐，一份要給嵐飛。這是她一大早就約人出來的時候一定會做的慣例。不過她那一臉鬱悶的樣子，讓嵐飛看得有點不舒服。

「妳沒睡啊？」接下曉幫自己買的那份早餐，嵐飛突然覺得對這女孩有點抱歉。可是曉並不在乎其他的事情。她的心上完全被這次的事件給佔據，只想趕快讓事情有所進展而已。

「有睡，可是睡得不好。我看還是別聊我的睡眠了！你怎麼樣？有什麼新的想法嗎？」

她領著嵐飛往學園北側鐘塔大樓的方向前進，那裡與北棟教學大樓之間有座花園噴水池廣場。每當曉需要動腦思考的時候，都喜歡到那裡去聽噴水池的聲音。

「新的想法啊……」

嵐飛一邊走著，習慣性的伸手去玩著自己的頭髮，眼睛一面看向天空。但沒一會兒，他就搖了搖頭，看向正等待答案的曉。

「老實說，沒有。」嵐飛用中指推了推眼鏡，毫不保留的說了自己的想法。「感覺訊息好像很多，但其實大部分一點都不重要。除了愛麗絲的消息，其他的資訊大多都只是強化這件事的確切性而已。」

「是啊！果然你的想法也差不多。」曉大嘆了一口氣，彷彿在感嘆自己的無力。

「所以，你還是決定要去找圖書館？」

「是啊！不知道為什麼，我覺得這件事情不能拖。」曉換了一個若有所思的表情，坐在噴水池的邊緣，拿起還有點餘溫的早餐，大口大口的吃了起來。

「直覺嗎？」

嵐飛看著吃得津津有味的曉，以及聽著新鮮生菜的輕脆聲音，他翻開那份特別幫他買的早餐，看了一眼那塞滿蔬菜的三明治，突然覺得自己不是很餓。

「與其說是直覺……」曉用那塞滿食物，含糊不清的口吻說道：「不如說是我個人的堅持吧！更何況這次的事件……從我上任以來，還沒有過這麼嚴重的事情發生。」

「所以是責任心囉？真難得看到妳這樣。」

「應該不是你想的那種吧！這本來就是我分內的事情啊！我才沒有覺得是自己害的勒！」

曉一口氣將剩下的三明治全部塞到嘴巴裡面，故意做了個鬼臉，讓嵐飛看了覺得好笑。

「那麼，就這麼決定了？」

「嗯。我已經傳訊息過去預約了，說我們晨間自習的時間之前就過去。」

「沒經過我同意喔！？」

曉無聲的笑了笑，再度起身領著嵐飛走向中央教學大樓。曉走在前頭，沒有說話，嵐飛只好默默的拿出那個滿滿都是蔬菜的三明治來吃。

圖書館位在中央教學大樓的五樓以上，整整有六層樓的空間，不過因為是圖書館，所以跟學生餐廳的樓梯沒有互通，必須要從一樓搭乘圖書館大電梯、或是走螺旋梯上去。就嵐飛的印象，這個時間電梯是還沒啟動的，而且他也不知道這個時候圖書館已經開了。

「我們要怎麼上去啊？」嵐飛疑惑的問。

「走樓梯啊！而且要走到八樓喔！」

「我的天啊……」

聽著曉的話，嵐飛差點把剛吃下去的早餐吐出來。他知道這個女孩不只是有著聰明的腦袋，還有著驚人的體力，可是自己實在不是運動屬性的人，平常光是要從一樓爬到五樓，就已經有點喘了，更遑論要一口氣爬上八樓，光想像就簡直是要了他的命。

不過曉無視嵐飛的哀號，帶頭從中央教學大樓側邊的員工與工作入口處推門進入大樓。由於時間還非常早，大樓中幾乎沒有人，不過兩人都有注意到，確實有人從圖書館的大螺旋梯走上去。

曉興致勃勃的一個人先走到了樓梯口，而嵐飛則是從來沒有走過這個樓梯。由於平常圖書館專用的電梯會有四部同時運作，所以即使要排隊也很快就可以搭到，根本不需要去爬這個只要一進去就必須爬四層樓才能出來的樓梯。嵐飛是這麼想的。

不過，曉卻好像把這個樓梯當作鐵人三項的挑戰一樣，逕自在樓梯旁做起了暖身操，表情一副躍躍欲試的樣子，讓嵐飛是看得既好氣又好笑。

「東方曉同學，預約的就是妳吧？」

突然，一個低沉的聲音冷不防的從嵐飛身後冒了出來，讓兩人嚇了一大跳。嵐飛急忙轉過身去，卻沒有看到人。他先是愣了一下，低下頭，才發現原來是一個身材嬌小的女學生站在他的身後。

這個身高只有大約一百五十公分的短髮女學生，順手推了一下臉上的粗框眼鏡，打量了一下自己眼前這個顯然有失禮貌的『巨人』，然後默默的走到一號電梯前，拿出了一把小小的鑰匙。這舉動讓嵐飛頓時之間鬆了一口氣。

「請跟我來吧！」她轉動鑰匙，電梯嘎然而響，嵐飛心中的大石彷彿也跟著那個聲音一同墜下了山崖。不過曉的表情卻好像露出了一絲遺憾。

「我記得身為公義女帝的妳也曾經預約過，所以應該知道我們的規矩吧？」

在電梯中，女學生面無表情的凝視著樓層面版，在按下了八樓之後，她連頭也不回的說到。

「嗯……反正，等到了再說。」

「正確。」

嵐飛與曉彼此互看了一眼，不約而同的看向電梯中的攝影機，這段對話的原因不言自明。

嵐飛沒有接觸過這個人稱「圖書館」的神祕學生團體，他也並不知道曉有接觸過的經驗，只知道傳聞中，這個團體擁有著學校裡最大的情報網，許多重大的祕密都被保存在「圖書館」之中。不過，沒有任何人知道他們是從哪裡得到這些消息，也沒人知道這個團體之中有哪些人。

這些詳細的事情，曉當然也不知道，不過由於以前曾經也是為了風紀的案件有過一次接觸，所以她知道最重要的三個規矩。第一是「圖書館」採預約制，沒預約是沒有人會理你的。第二，情報有所謂的售價。第三，所有事前事後的事情，都跟「圖書館」無關。這三點是他們的原則。

而曉也知道嵐飛會訝異自己提到圖書館的事情，是因為在傳聞中，「圖書館」對於情報的「售價」，曾經傳出非常讓人難以理解的軼聞。由於這個「售價」不一定是金錢，也有可能是要你用「某些東西」或「某些作為」來交換。因為是傳聞，所以曉當然也聽過一些很離譜的說法。

電梯快速的來到八樓，兩人在女學生的引導下來到深處的小型視聽室區。這邊的視聽室只要事先預約，不需要特別的理由就可以借用，所以有許多學生會在課餘時間來看影片，或是利用視聽室來做報告的討論等等，用途很多。

走進視聽室，裡面只有兩個人。坐在旁邊，眼前擺著一台筆記型電腦的男生，曉跟嵐飛都認識，是學生會書記部的人，彼此也互相點頭示意。而另一位女學生，則是帶著一個有著鳥嘴形狀的大型黑色頭飾，將整個面容都遮了起來。

「歡迎兩位，請坐。」

面具女學生一開口這麼說，那領兩人來到視聽室的學生便將門關了起來，並且上了鎖。曉跟嵐飛坐在離出口最近的位置，另外三人則是坐在最深處，讓人突然有了種談判的感覺。

「那麼，我們就直接進入主題吧！東方曉同學，妳想要的是有關於昨天的自殺未遂案有關的情報，是嗎？」面具女學生一開口，馬上就切入了重點。她講話的聲音聽起來有點詭異，讓曉有點懷疑她是否是用了變聲器。

「不，我已經有更明確的方向。」曉看了嵐飛一眼，嵐飛似乎相當的驚訝。

「這個。」曉從裙子的口袋拿出了一個很小的隨身碟，從長桌上滑向桌子對面的三人。短髮女學生很迅速的接下，並且交給了操作電腦的男生。

「那個裡面是我們手上現有的決定性證據，但是我們沒有嫌犯。」

男學生將隨身碟啟動，打開了裡面的影像、文字跟音檔，不過那台電腦好像沒有開啟音效，所以電腦前的人們好像沒有看完所有的資料，就把焦點轉回到面具女學生身上。

「有意思，你們的情報網很強耶！竟然能拿到這麼特別的情報。」面具女學生喀喀的笑著，面具下的眼神似乎變得銳利了許多。曉注意到她正敲著自己耳朵的位置，似乎電腦的音訊輸出耳機是戴在她的耳朵上。

「那就冒昧的請教，那個明確的方向是什麼呢？」

「我需要名字。」

聽到這個要求，所有人好像都被曉的話給嚇到了一般，連嵐飛都非常驚訝曉竟然會提出這樣的要求。

「是的？」面具女疑惑的再問了一次，不過曉的眼神完全沒變。

「名字，一個也好、能多幾個當然更好。任何的關聯都可以，最好就是嫌疑犯。」

曉的微笑，換來眾人的無語。顯然包含圖書館以及嵐飛兩方，沒有任何人會想到曉竟然提出如此明確而且直接的要求。不過曉本身倒是對他們的反應不太訝異。

「沒辦法嗎？」曉自己打了圓場，其實她自己也覺得不太可能馬上就能得到這樣的情報。畢竟事情發生在昨天，也不過經過了一天而已，即使是號稱神通廣大的「圖書館」，想必應該也是沒有辦法在那麼短的時間之內，得到那麼深入的情報才對。

只不過在沉默了數秒之後，面具女學生突然笑了起來，雖然曉被她那笑聲給嚇了一跳，以為她早就有了準備，不過看了她身旁的兩位學生依然疑惑的表情，曉馬上就意識到事情不是那麼一回事。

「哈！真不愧是女帝，真是令我刮目相看。」面具女收斂了笑容，轉而清了清喉嚨。

「咳嗯。妳要求的情報，當然是沒問題。雖然我這邊還沒有這樣的資訊，但是如果這就是妳的需求，我們這邊一定會想辦法幫妳拿到。不過相對的……」

「妳要問的是報酬吧？我也已經準備好了。」

曉打開自己的書包，拿出了一大疊資料放在自己的面前。這幾乎已經無法再讓嵐飛更加驚訝了。他早就從曉要求的情報，以及她的眼神中看出她有多麼迫切的想要解決這個案件。他幾乎無法想像曉會願意拿出什麼樣的條件來交換這樣的資訊。

「這是風紀委員會這一年度截至上週為止的所有紀錄，如果有需要，接下來到下一學期的情報也可以即時的提供。」

「哦？這可真是……」

面具女學生聽了曉提出的條件，露出的笑容變得與之前非常的不同。曉同樣的也露出了笑容。她明白面具女學生的態度，是一個好的表現。

「很有意思的提案。好的，沒有問題。我受理了！」

隨著那令曉感到相當振奮的回應，面具女學生從旁邊的男學生手中接過電腦，開始操作了起來。而短髮的女學生則是走了過來，小心翼翼的接過曉拿出來的那份資料。

「我們會以最快的速度來處理妳的委託。雖然不能保證什麼時候可以提供給妳，但是至少可以保證我們提供給妳的資料一定是真實的。我會把妳的提議列在我們的情報系統裡面，看是否能夠提供更好更多的資訊給妳。」

面具女從短髮女學生手中接下那份資料，將它收進似乎是放在長桌下的提袋中，並且拿出了一個長方形的小盒子，裡面裝著一個書本造型的吊飾。

「按照慣例，這是契約中的證明，我們會盡速利用我們的情報網調查到妳所需要的資料。」

她起身走到了曉的面前，將吊飾與隨身碟都放到曉的面前，並且伸出了手。

「至於妳的提案，我個人是很有興趣，希望我們能夠有更多的合作機會。」

看著面具女的笑容，曉也站了起來，兩人彼此握手，表示著交易的成立。在一旁看著的嵐飛總算也鬆了一口氣，整個肩膀都放鬆了。

「對了！希望以後我們能有多一點的認識，請妳以後一定要記得跟我打招呼喔！」

面具女說著，做出了一個令人訝異的舉動。她順勢將臉上那個神祕的面具脫下，曉卻因為那面具下的臉孔，訝異得說不出話來。

乃芯之三：副手的心意

別過湘吟，留下了因震驚而呆坐在位置上的冠傑，乃芯一個人先行離開了影音室。

雖然從對談的開始，乃芯就確信冠傑會加入自己的團隊，只是她自己也明白，才剛加入這樣一個團體，就馬上要面對像是「流出」這樣棘手的事件，會陷入那樣錯愕而不知所措的狀態，也是理所當然的。

她用手機傳了一個簡單的訊息，到剛剛才拿到的冠傑的手機號碼，要他鎮定下來之後再聯絡自己，然後就從十樓的階梯走了下樓，往自己的教室前進。

「流出」事件調查開始的第二天，可以說是一點兒動靜都沒有。理論來說，這種毫無目標對象但是卻重大到極度危險的事件，要從哪裡開始著手調查，都是一個難題。

「而且這很明顯就是違法的事情，應該不太可能有太大的破綻才對。」

乃芯慢步走在人煙稀疏的校園中，翻動自己手機的通訊軟體，瀏覽著昨天一天從組員們回傳的資料，不過大多都是觀察中，沒有任何一點有到調查程度的跡象。

「雖然說事關重大，不過大部分的人應該都不知道該從何著手吧……」她將手機收進口袋，無奈的嘆了口氣。仔細想想，經過昨天一天的時間，她還是不太理解擔任隊長之後，除了要背負更多的事情之外，還有什麼事情是有所改變的。而且她實在是不知道身為隊長這個職務，在調查中通常都該擔任什麼樣的職分。彙整？

想著這些沒有解答的問題，乃芯只感到一陣暈眩，索性決定不再思考下去。

突然，她的手機發出一陣震動。她趕緊拿出手機，本來以為會是圖書館同仁的消息，結果發現是冠傑回傳的訊息。

「不對，他也算是一員了呢！」吐槽著自己想法的乃芯，微笑著將冠傑的訊息點開，看著那生澀的用字，明白了他平常似乎也很少使用這些軟體來跟朋友對話。這也跟一年前的自己一模一樣。

『游乃芯學姐妳好，感謝妳的關心，我已經不要緊了。我想既然都決定要加入，那麼就應該早點盡一份心力才行，現在有什麼事情事是我能幫忙的，都請跟我說。』

「呵呵，真的跟我以前好像喔！」

乃芯看著冠傑的文字訊息，乃芯感到一陣心暖。她覺得自己似乎能明白為什麼湘吟會找上冠傑這樣的人來搭配自己了。於是她想了想，快速的回傳了簡單的訊息。

『你已經知道要調查什麼了，不過大家都沒什麼方向。你沒有什麼想法？』

乃芯按下了送出，心想這大概就是目前最嚴重的問題了。只要這個問題能有一個答案，事情想必很快就能夠有所進展。

只不過乃芯本來以為冠傑不會那麼快就回覆，想不到手機還沒收起來，冠傑的訊息就回傳了過來。

「怎麼這麼快？」乃芯驚訝的再一次點開通訊軟體，發現上面寫著不太完整的句子。

『既然是升學試題流出』

『是不是從』

「是不是從？」乃芯默念著冠傑傳送過來的訊息，思考冠傑是不是想到了什麼，但是接下來卻看到「受益者的的方向去找」，讓乃芯不禁頭痛了起來。

「受益者的方向，這個方向有點大呢！」

乃芯想了想，發現冠傑的想法並沒有錯，只不過如果從「受益」的角度來看，只要是有參加升學考試的學生，就都有可能是受益者，這樣考量的話，全三年級的學生就都是嫌疑犯，範圍實在是太大了。

「咦？等等……」

想到了這裡，乃芯突然靈光乍現。

「受益者……」她咀嚼著這個詞彙，總覺得自己好像想到了什麼，可是又不知道該怎麼表達才好。

慢慢的，她已經走到了自己的教室。

學園的晨間自習時間並沒有強迫學生一定要參加，只要求學生在走廊間行進時盡可能保持安靜，不要打擾正在自習的同學。因為管理得當，晨間自習時間雖然有非常多的學生在到處走動，也有許多學生是快到自習結束才到校，不過整個校園是顯得非常安靜的。

而乃芯的班上早自習時間就到校的人很少，所以裡面現在只有奚奚落落的幾隻貓，而且每個人都安靜的正在看書，其中還有一位跟乃芯是同一小組的組員。如此安靜的環境，無論是要讀書或是思考都非常的合適。

「受益者……不對，應該不是單純的受益者這麼簡單。」乃芯將東西放好後，再次將手機解鎖，回傳訊息給冠傑，要冠傑從這個方向深入去想，看有沒有更明確的對象，如果有就儘速回傳訊息過來。

接著，乃芯便將圖書館的事情全都拋到了腦後，專心的回到了自己的學業上。

兩節課後，乃芯收到了一些同仁的訊息，不過都與「流出」案件無關。而湘吟則是要她不用擔心今早的自殺未遂事件，並且點名了兩個人跟她一起組成調查小組，表示分頭調查的正式開始。

經過了這兩天，乃芯發現自己需要面對的壓力好像比預料中還要小得多。雖然才剛接下隊長的職務就遇到「流出」這樣棘手的案件，可是因為事情幾乎沒有進展，反而讓整個小組的步調都慢了下來。

「不過也不能因為這樣分心就是了啦！」乃芯笑了笑，將手機丟進抽屜裡面。她轉過頭加入班上同學們的閒聊中，發現到幾乎所有的人都還在討論今天早上的自殺未遂事件。

「欸，乃芯，妳有沒有聽到什麼消息啊？」她身後的同學問到。

「什麼消息？」

「就是早上有個三年級的跳樓的事情，妳應該知道吧？」

「我是知道啦！可是，那個應該跟我們沒什麼關係吧？」乃芯一面這麼說著，一面心想自己要不是因為跟湘吟分頭進行，現在應該也會專注在調查自殺未遂的事情上，就不禁苦笑了起來。

「欸，你們覺得會是霸凌嗎？我是聽說跳樓的那個學長最近好像跟別人起過爭執。」

「不太能吧！現在風紀委員會有東方曉坐鎮，應該不太可能有霸凌吧？

聽說她的情報網非常驚人耶！」

「真的嗎？跟那個『圖書館』比起來誰比較驚人啊？」

「可是，如果不是霸凌，那會是感情的問題嗎？」

乃芯聽著同學們用談論八卦的態度在談論這起自殺未遂，她的苦笑也更深了一點。

自從加入圖書館之後，她就不再把每一起事件當作只是一個消息在「聽聽而已」，而是會「想要盡可能闡述完整的事實」，或是「從當事人的狀況出發」來記錄這些發生的事情。同學們之間那種八卦、流言形式的閒聊，在乃芯的心裡，聽了總覺得不太舒服，有種想要為當事人抱屈的想法。

這時，乃芯聽見了自己的手機在振動，於是回過頭去點開了自己的手機，發現是冠傑傳過來的訊息，裡面只有兩行字。

『有沒有什麼樣的人，是不惜利用這種作弊的方式，也想要在升學考試拿到好成績的？如果從這個想法出發來調查會不會比較有方向？』

「對啦，就是這個！」

乃芯看著冠傑的訊息，一不小心開心得喊了出來，讓她身後的那群同學都嚇了一跳。她為了掩飾著自己的失態，於是趕緊拿著手機起身往廁所走去。

「沒錯，如果從這個方向出發的話，應該就比較能鎖定目標了吧！」她左思右想，覺得這樣的方向可行，於是便趕緊發了幾個訊息給小組裡面的夥伴，要大家往這個方向開始調查可疑的人士。同時，她也特別發訊息感謝冠傑，要他試試看能不能再有更深入的想法，並且請冠傑中午與自己在學生餐廳碰面。

到了中午，乃芯與冠傑費盡千心萬苦，才終於在人山人海的學生餐廳中找到了彼此。乃芯刻意的挑了一個已經擠滿了人，顯得非常吵雜的區域坐下，才去買了簡單的餐點。而冠傑則是自己帶便當到校用餐。

「呂冠傑同學，你還自己帶便當來學校吃啊？」

「喔，這個啊……因為妹妹還在讀國中，所以媽媽都會一起準備。等到妹妹升高中部，應該就不會帶便當了吧！」冠傑用筷子隨意翻弄著自己那塞滿家常菜的便當，感覺似乎有點羨慕周遭能盡情享用外食的同學們。

「能吃媽媽的愛心便當也很不錯啊！對了，呂冠傑同學……」

「學姐，請叫我阿傑就好了，我的同學都這樣叫我，這樣我也比較習慣。」

「啊，好的，阿傑。」乃芯看著無論是說話還是反應都有點靦腆的冠傑，心想著自己以前剛跟學姐共事的時候，應該也是相同的樣子，就不禁覺得有點兒好笑。

「阿傑，你早上真的是幫了我大忙呢！你的想法跟方向都很不錯呢，我就知道你一定會很快就發現自己能夠幫上忙的。」

「這……這樣啊！」

「真的啊！哪像我，明明看到你說受益者就有了想法，但是卻想破了頭還沒想到這麼明確的說法。」

「那這樣學姐就很厲害啊！才剛看到我的訊息就有想法了。」

「可是無法表達就沒有用了，對吧！」

乃芯笑著，看了一眼彼此都絲毫未動的餐點，「我們一邊吃吧！免得都要涼了。」

「嗯，學姐快吃吧！我的沒關係，本來就是涼的。」

「哈哈哈！」

於是兩人便一同享用起各自的中餐，一邊稍微閒聊了一下，乃芯也趁機稍微了解了一下冠傑的狀況。

冠傑的性格與狀態確實是與自己一年級的時候相當類似，除了比起自己顯得更不專注於課業之外，認真、想太多、重視別人想法、不擅交際等等，幾乎都跟自己一模一樣。

「不過，我是覺得，功課偶爾還是要顧一下啦……」冠傑傻笑著，好像想到了什麼一般的說到。

「講到功課。」乃芯將自己午餐的最後一口嚥下，將話題帶了回來，「阿傑，你後來有沒有什麼更深入的想法？我覺得你能想到這一點真的很棒。」

「我只是剛好想到而已。不過我想了想，我覺得會想要作弊的人，應該都是很在意成績的人吧！像我這種……呃……不是很在意成績的，就不會想作弊。反正我們學校幾乎可以說能穩定直升大學，而且如果不想升學，也有很豐富的就業管道。」

「嗯，你想的方向果然很好。看來找你加入果然是正確的選擇。」乃芯聽著冠傑的說法，終於有了一種事情正逐漸步上軌道的感覺。「雖然沒有什麼明確的證據，但我想從這個方向去調查應該沒錯。我會請小組裡面的大家都往這個方向去調查，冠傑，還請你多多幫忙了。」

「咦？啊，好！呃……不過，學姐剛說請小組的大家，是什麼意思啊？」

「唉呀，忘了跟你說，我們小組其實將近有二十個人，不過暫時可能沒有時間跟你一一介紹。我覺得你這樣的想法很好，所以我希望大家都能朝這個方向去追查，我想應該很快就會有進展了。」

「咦？所以學姐是小組裡面負責公佈訊息的人嗎？」

冠傑不解的問著，這才讓乃芯發現，原來自己跟湘吟好像都忘了跟冠傑提到自己就是小隊長這件事情。而且可能是因為剛接任的關係，乃芯一點隊長的樣子都沒有。雖然她也從不覺得前任隊長有什麼隊長架子，但是可能是自己還很沒有自信、也沒有把握的樣子，讓人完全無法發現自己就是隊長。

「啊，冠傑應該不曉得吧，其實我是小隊的隊長。雖然我才剛接任就是了。就像你才剛加入一樣，我兩天前才剛接下隊長的職位。」

乃芯第一次在冠傑面前露出了苦笑。

「咦，原來乃芯學姐是隊長？那湘吟學姐還要我當你的助手，這太困難了吧！當隊長的助手這種事，剛加入的我什麼都不懂，該怎麼幫上忙呀？」

想不到冠傑一聽到乃芯是隊長的這件事，非但沒有提到乃芯一點也不像隊長的事情，反而是馬上就覺得自己不適任隊長的助手。這也讓乃芯再一次的感覺到冠傑是跟以前的自己有多麼的相像。

「不會的啦，你的想法不就已經幫上忙了嗎？而我也才剛接任隊長，我也是什麼都不懂，所以我想，如果有像冠傑這樣也不是很懂的人來幫我，我的壓力也比較不會那麼大吧！」

乃芯想了想，總算是又再更進一步的理解到湘吟安排冠傑協助自己的用意。

冠傑不但與自己性格非常相似，做事的風格似乎也很相近。而且冠傑完全不懂「圖書館」做事的方式，甚至連該怎麼做都還毫無頭緒，也不認識前任的隊長。如果是由這樣的人跟自己搭擋，那麼自己也就不會因為作風或是細節而被拿來與前隊長比較，相信這樣一來，自己的壓力也會小了很多才對。

乃芯這麼說著，但看冠傑一副緊張的表情，再次不由得地覺得好笑了起來。

「你別看我是隊長，其實我才緊張呢！就像你不知道為什麼湘吟會找你加入一樣，我也不知道為什麼會讓我擔任隊長。所以你不用擔心啦！其實像這種時候，我也還不知道該怎麼做才好，所以如果你有什麼想法的話，請你務必要趕快跟我說，好嗎？」

「好……好的！」

看著冠傑那一副既認真又緊張的表情，乃芯有了一種受到安慰的感覺。雖然她也不知道接下來會怎麼樣、也不知道接下來該怎麼調查才好，只是她知道，現在他的身邊有一位湘吟精心為自己安排的助手。也許這位助手沒辦法幫到什麼大忙，但是至少能讓自己感到安心。

這正是她現在最需要的。

於是她將手機拿了起來，在通訊軟體中再次的確認給自己組員們的訊息，然後看著坐在眼前的冠傑。

「那麼，調查就正式開始吧！」

乃芯之四：第二次交錯

雖然又經過了一天沒有太大進展的調查，但是乃芯依然從中找到了一些線索，其中又屬冠傑提供的想法最為重要。而在前一天的傍晚，也有部份的夥伴提供了一些有趣的消息，於是約了冠傑一大早就先在學園的室外體育場一側碰面。

從所有的資訊中，乃芯特別注意到的，是一個被稱為「資優教育先鋒」的學生團體。

「學姐怎麼會覺得這個團體很特別？」因為早到的關係，冠傑今天將早餐帶到學校來。他一邊吃著習以為常的那份媽媽牌三明治，一邊看著乃芯轉傳給他的資料，總覺得每一個都很可疑。

「我是想到你昨天所說的話，我才覺得這個團體特別可疑。」

乃芯回想著昨天冠傑所說的「會想要作弊的人，應該都是很在意成績的人」這段話，更加肯定自己的判斷。

「雖然學生自治團體中的確有一些是注重課業的，但是這個團體很特別。根據我們的資料庫記載，裡面的成員是由負責的老師特別挑選過的學生。那些人不但平常成績就已經名列前茅，並且都還想要考得更好。而且裡面的成員好像還被要求不能加入其他社團性質的團體，必須要完全注重課業才行。我覺得這很符合你昨天所說的那種狀況。」

乃芯翻閱著昨天自己根據夥伴所回傳的資料而去查閱的檔案影本，一邊思考一邊跟冠傑說明著自己的想法。

「咦，不能加入其他社團也太嚴格了吧！很難理解這些人為什麼這麼拼命，明明學園的大學幾乎百分之百可以直升，而且一直以來都提倡適性教育的說。」冠傑想著自己的課業成績，一方面懷疑的說著，說著又好像覺得有些心酸。

「阿傑你就先別在意成績的事了啦！而且每個人在意的事情本來就不同，有人對成績有偏執也不奇怪啊！」

「這麼說是也沒錯啦……」冠傑將資料還給乃芯，低下頭若有所思的說。

「而且，就是因為這些人很明顯對成績有偏執，我才覺得他們更有可能跟這件事情有關。雖然我不清楚負責的老師是否知情，不過若要說有誰願意不擇手段取得好成績，那麼他們就是最有可能的人了。」

她將冠傑交還的文件收到書包裡之後，繼續翻閱著自己手上的那份資料，肯定的這麼說著。

「那麼學姐，我們該從哪裡著手調查才好啊？而且，假設這些人真的就是受益者，那麼應該有個來源的管道吧？一般來說，學生不太可能有辦法拿到那種大考的試題吧！我記得學園在這方面也滿慎重的。」

「嗯，確實是很慎重喔，就跟其他學校的學力測驗一樣吧！雖然是學園內部自己的測驗，不過對於試卷跟試題的嚴謹程度幾乎是相同的。」

「那到底要怎麼樣才能取得試題啊？應該很困難吧！」

聽著阿傑疑惑的問題，乃芯才發現自己又遺漏了這個部份。的確，如果沒有試題的來源，那麼這件事情應該不可能發生才對。所以說，應該是先有了試題的來源，才會有「誰拿到試題」這件事情。

「那麼難道說，這件事的主導有可能是老師嗎？」乃芯皺起眉頭。

「呃，會是這樣嗎？可是這樣一來，事情就變得很嚴重了吧？」冠傑很明顯得被乃芯的推測嚇了一跳。

「這個事件本來就很嚴重啦！不過，我還真沒想到這事情可能會涉及到老師的說……這樣一來，調查就變得更困難了。」

「咦？為什麼？」

「如果主謀是老師的話，我覺得應該會隱藏得更嚴密，把柄跟證據應該也會更難找。畢竟這些老師都已經是社會人士，在相同的事件上需要付出的責任與代價也更重，像這種需要冒著這麼大風險的事情，如果真的要做，一定會更小心。換句話說，就是會更難找到證據。」

「而且，學園的升學試題每一年都會更換出題的老師，協助行政的老師也都會更換。這份名單不但是保密的，也會要求負責的老師們保密，所以如果要從試題流出的地方來查，應該是什麼都查不到吧！」

「那該怎麼辦？」

「其實也不能怎麼辦啦！如果覺得有這個可能性，那就去追查看看。至少我以前也都是這麼做的。」乃芯看向冠傑，苦笑了一下。

「那，有什麼線索嗎？」

「在我手上的紀錄中，是有這個『資優教育先鋒』負責老師們的名單，不過如果從老師的角度去查，就像我剛剛所說，應該是什麼都查不到吧！可是我覺得，就算主謀是老師，應該也不可能所有的老師一起做這種事，所以也許各個擊破會有辦法。」

「各個擊破？」

「沒錯！」乃芯將自己手上這份資料攤開，給冠傑看到其中一頁。那一頁上頭有著部份的歷屆學生名冊以及老師的名單。

「根據紀錄，『資優教育先鋒』內的學生跟老師們有著師徒的制度，也就是說，每個學生都有著自己專屬的指導老師，就有點像是我們一般所說的班導師那樣。所以，如果只是某個老師私自決定使用這種作弊的方式，那麼受益者應該就是他旗下的學生，換言之就是他的愛徒。」

「意思是說，只要從學生下手，如果有任何的嫌疑或是證據，他的老師就很有可能是主謀是嗎？」

「沒錯，就是這個意思。阿傑反應得真快。」

「那，呃，有什麼作戰計畫？」冠傑聽著乃芯的稱讚，忍不住頓了一下。

「沒有吧！只能土法煉鋼了。先想辦法打聽『資優教育先鋒』班的事情，或許會有什麼進展。」乃芯將資料給收了起來，示意冠傑跟自己一同離開。

「我在想，如果事情真的跟我所推測的一樣的話，那些受益的學生們應該都已經知道自己的好處了，但是同時應該也會很緊張吧！畢竟如果被抓到，他們這次的升學就毀了，而且也沒辦法在學園裡面生存下去了，如果有人到處打聽他們的事情，也許會有出乎預料的反應也說不定。」

她一邊說著，一邊低下頭去思考這件事情。而冠傑則是因為乃芯的這番言論，逐漸感到興奮了起來。

「乃芯學姐，妳真是太厲害了。」

「咦？」乃芯因著冠傑突如其來的稱讚，一時之間不知道該說什麼才好。

「學姐竟然能靠這麼一點線索不斷發想到調查的方向，不愧是隊長！」

「咦？不……不會吧？這應該不是什麼難事才對。」

「不不不，超厲害的！像我就完全沒辦法做到呢！」

「這……這只是因為有點經驗罷了！團隊裡面的其他人應該也能輕易做到的。」

面對冠傑的稱讚以及尊敬的目光，乃芯突然覺得臉頰有點發燙。這幾乎可以說是她從加入「圖書館」之後，第一次受到前隊長之外的人稱讚，這也讓她感到有點不知所措。

但同時，這也讓她更多了點自信。不單是因為冠傑的讚許，而是這也讓她回想起自己也曾經對前任隊長的帶領有著相似的尊敬，這種熟悉讓她加添了更多的信心。

於是，乃芯決定從這個方向著手，一方面聯絡夥伴協助將「有人正在調查資優教育先鋒」的資訊散播出去，一方面打聽起有誰比較清楚這個團體的情報。而冠傑則是決定去到處詢問相關的消息，因為那就跟乃芯以前會做的事情完全一模一樣，所以她也就沒有阻止他。

時間很快的就到了下午，乃芯的調查並沒有太大的收穫，只知道「有人正在調查資優教育先鋒」這個消息確實的散播了開來，其他的部份都還沒有什麼進展，而冠傑也還沒有跟自己聯絡。

在走廊上低著頭獨自走著的她，內心不禁感到有點焦急了起來。

「乃芯？」

這時，她聽到了一個熟悉的聲音。她抬頭一看，發現是自己國中時期的同班同學，現任學生會副會長葉嵐飛。

「啊，嵐飛同學，好久不見。」

「說什麼好久不見，也才幾天沒見吧！而且，我不是說叫我嵐飛就好了嗎？」嵐飛笑著說。

「唉呀，嵐飛同學現在是副會長，算是忙碌的人，像我這麼無所事事的人，當然覺得幾天沒見就很久了呀！而且，直接叫名字那麼親暱，我不太好意思啦！」

「才不會，我們都那麼熟了！」

對乃芯來說，嵐飛是少數跟自己比較要好的朋友。國中時期，乃芯一直都不善於與人交際，可以說如果要數能稱為朋友的人，一隻手的手指都用不完。而嵐飛幾乎可以說是乃芯唯一的男性友人，對乃芯來說更算是相當特別的朋友。

因為性格與作風的關係，嵐飛一直以來都是被人們圍繞的核心人物，乃芯因為自認是邊緣地帶的人，所以曾經一度以為他對自己有特別的意思才會跟自己那麼要好。不過長久以來，嵐飛一直都沒有什麼特別的表示，所以她雖然心中懸著這個問題，卻一直都沒有解答，也沒有勇氣去問。

升上了高中後，因為兩人不再同班，接觸的時間比較沒有那麼長，而且加上乃芯自己加入了圖書館，與更多不同的人接觸、相處，以前留在心裡的那個小小的疑問，也就沒有那麼令人尷尬了。

「而且妳也別這麼說嘛！雖然妳說自己是無所事事，但是我總覺得升上高中之後，妳好像生活中就多了許多目標。每次在走廊上看到妳，都是好像在為了什麼而忙碌的樣子，跟國中的時候那個有點怯懦的樣子比起來，現在的妳顯得神采奕奕的呢！」

「你……你別這麼說啦，我才沒有在忙什麼呢！嵐飛你才是大忙人吧？最近那麼多事情，你一定很忙吧！」乃芯沒想到自己會突然被嵐飛稱讚，馬上就羞紅了臉，一時之間語無倫次了起來。

「唉，妳說的沒錯。妳應該也知道昨天那起自殺事件吧？風紀委員會那邊因為懷疑是學生風紀事件，我現在正忙著協助調查呢！」嵐飛搔了搔頭，一臉無奈的說到。

「咦，是跟東方曉同學嗎？」

「對，就是那個女人。跟她搭檔真的很累。」

「怎麼會？嵐飛要是跟她搭檔，應該什麼事情都能解決吧！」乃芯回想著以前對嵐飛的認識，然後與公義女帝東方曉的傳聞搭在一起，腦中馬上就浮現出非常驚人的想像。

「才不會，我壓力超大的，什麼事情都被她牽著鼻子走，感覺我一點自主能力都沒有。我覺得她比較需要一個唯命是從的管家，跟一匹精銳部隊，而不是讓我跟她搭檔。」嵐飛大嘆了一口氣。

「哪會呀！有嵐飛你這麼優秀的夥伴，她應該也是事半功倍吧！」

「只是專長不同啦！專長不同。」

看著一直大嘆無奈的嵐飛，乃芯心中剛才那份焦急悄悄的消失了，加上被稱讚的緣故，不禁又覺得振奮了起來。也不知道為什麼，她突然覺得自己會在這裡遇到嵐飛，似乎並非是偶然。

「對了，嵐飛。」乃芯輕聲的開口問到，「你聽過『資優教育先鋒』嗎？」

「咦？妳怎麼會突然問這個？」嵐飛被這麼一問，才終於回過神來。

「其實也沒有啦，只是今天好像聽到好幾次這個名詞。我不是很懂。」乃芯裝傻。

「我是聽過啦！學生會裡面好像也有相關紀錄。說是功課優異的學生，由幾位負責的老師挑選而出的精銳部隊，也可以說是好成績俱樂部吧！我對他們沒什麼興趣，所以細節也不太清楚。妳怎麼會突然好奇這個？妳也想加入嗎？」

「怎麼可能，我應該完全達不到門檻吧！」乃芯傻笑著說，「我只是因為剛聽說，覺得你應該會知道所以才問的。」

「很慚愧，雖然我功課不算太差，不過並沒有入選。」嵐飛露出有點壞壞的表情笑道。

「唉呀，嵐飛的優秀才不是那個方面的呢！你現在可是有很多人尊敬、很多人崇拜你喔！」

「唉……那種事情根本不重要啦！」

兩人對望著笑著，彷彿時間好像回到了以前最熟悉的時候一樣。突然間，上課的鐘聲響起了，兩人很快的別過，各自往自己的教室前進。

這時，乃芯手機的通訊突然響起了通話的音效，她連忙將手機解鎖，發現是冠傑撥過來的。怎麼會在這個時間？

「喂，冠傑？」

她連忙將通話接通，但是卻聽不到冠傑的回應，而且還聽到布料摩擦的聲音，感覺就像手機還塞在口袋裡面一樣。這讓她感到更加的疑惑了。

想不到正當乃芯還在思考這是怎麼一回事的時候，一個好像在遠處說話的聲音，從冠傑的手機裡傳了過來。

「到處在打聽『資優教育先鋒』的，就是你嗎？」

曉之四：敵人的身分

「圖書館」會面一事後，曉與嵐飛各自回到自己的班上，就彷彿早上的事情完全沒發生過一般。整天下來，曉顯得有點心神不寧，始終無法專心於課堂上的內容，而且風紀委員會的部份又沒有傳來什麼消息，讓她無比的感嘆著自己的團隊是否有著許多方面的不足。

不過最讓她感到心煩意亂的，還是那個面具女學生的身分。她完全沒想到那個女生竟然就是自己的同班同學賴湘吟。她從來沒有特別注意過她，因為她也從來不會出現在會令人關注的位置。或許，圖書館的人大部分都是這種類型，所以才沒有人會注意到他們。

這樣的煩躁感一直持續到下午放學的時刻，賴湘吟也一直都沒有主動來找曉說話。正當曉已經放棄，打算去風紀委員會辦公室看看有沒有好消息的時候，嵐飛就傳來了訊息，約曉在噴水池見面。

「怎麼樣，圖書館聯絡妳了嗎？」

嵐飛一見面就先問了這個問題。曉搖搖頭，表情直接就表示了自己無奈與煩躁感。

「這樣？我以為圖書館效率很快。」

「速度我是不清楚，不過基本上來說他們是保證消息正確，而且有需要的話還能提供確切的證據。」

「這樣啊！而且我超在意妳上次到底是跟他們交易什麼。不過算了，我想妳需要看看這個。」

嵐飛眼神瞥了一下，曉馬上就意識到他想說的話似乎不太適合在大庭廣眾下談論。於是兩人便順著嵐飛的視線，直接往鐘塔大樓的方向走去。學生會跟風紀委員會的辦公室都在那裡。

走到身旁沒剩幾個學生之後，嵐飛將一份資料交給曉。說是一份資料，其實也只有一張紙，不過紙上的內容看起來像是將一份報告的四頁都擠在一張上面複印的。上頭的字很小，小到曉覺得如果沒辦法在燈光充足的地方好好坐下來閱讀，自己根本不可能看清楚上面寫著什麼。

「這是之前所說的，疑似霸凌事件的通報紀錄跟處理紀錄。我只能說，我自己看過之後覺得有點弔詭。」嵐飛語重心長的說。

「通報紀錄上很明確的有一些事實陳述，例如我們昨天看到的影片，其實還有其他的小報告。雖然感覺不是很重要，不過老實說我覺得很有意思的是，最近跟劉同學有衝突的，都是成績相當不錯的學生。他們班上就有兩個。」

「然後我覺得老師在處理這個事情上，有點過度偏袒這兩個好學生的跡象。老師的處理報告裡面有約談紀錄，裡面有提到這些人其實是因為一些課業上的問題才有爭吵，但是老實說，我不覺得劉同學會有什麼課業上的問題好爭吵的，而且這些人本來跟劉同學沒什麼太大的交集，突然說有課業問題反而奇怪。」

嵐飛白了一眼，擺出了一個無可奈何的表情。

「你的意思是，你覺得這件事本身就有蹊蹺嗎？」

「很有可能不是嗎？當然也可能跟這次事件完全沒有關係，可是那個報告本身就很可疑。我知道雖然學園很重視多方發展與社會教育，也有許多職業發展跟研究性的學生發展專案，不過學園裡面還是有老師非常注重學生的成績，畢竟大環境的教育制度是如此，有些老師走不出來也不奇怪。」

「我知道老師的問題，我也懂你覺得這兩件事情很有可能有關。不過，你覺得該怎麼調查下去才好？如果要朝向這個方向，我覺得單靠我們現在的模式應該不會有什麼下文。」

「就是說啊！而且我覺得我們應該要抓到這件事情的重點。我完全搞不懂劉同學怎麼會跟那幾個人扯在一起。那幾個人在三年級學生中課業幾乎都是前二十名的，跟那個只差一點點就算是路邊流氓的傢伙到底能有什麼交集，我只能說真的是讓我一頭霧水。」

「我也還真想不透。」

兩人漫步進入鐘塔大樓，想也沒想就來到了學生會所屬的三樓辦公區。學生會的人很多，大部分都會在放學後留下來，所以招呼聲也開始此起彼落。

曉將嵐飛給自己的資料折好收進了書包裡，向許多人揮了揮手之後就繼續往樓上走，來到四樓東側的風紀委員會。

雖然經過嵐飛的情報與推測，曉也有了新的疑惑，不過她也打算按照剛放學時的想法，先來到自己的地盤，看看是否能有一點點好消息，至少讓這這混亂一天的心情能夠好一點。

不過，她也早就料到一定會事與願違了。她整理了一下風紀委員會今天一天所有學生風紀相關的情資，並且重新審視了跟這次事件有關的相關資料，卻依然完全沒有得到任何線索。簡直就像是這件事完全沒有在調查一樣。

曉沒有辦法相信這次的調查竟然會遇到這麼大的瓶頸，她翻開這兩天所有的調查紀錄，包含從校安中心得到的監視器畫面，她也全部重看了一次，但是依然沒有什麼發現。

她盯著那天清晨六點多的監視側錄影片，其中只有錄下了劉勝德一個人的身影，從東側大樓的樓梯默默的往頂樓走了上去。雖然因為人影帶了帽子，幾乎看不清楚樣貌，不過因為影像中只有拍到他一人上樓，而且體格也與劉勝德相符，所以幾乎不會有誤認的問題。但是也因為這個畫面，幾乎可以證明劉勝德是跳樓自殺，沒有其他的可能性。

只是從各方資料顯示，這位劉勝德基本上是完全沒有自殺的可能性，他身旁的朋友都很驚訝、家人也不相信，而且前一陣子才發表的學生心理檢測報告裡面，也沒有出現絲毫的跡象。

這讓她相信，劉勝德的跳樓絕非是出於自願。

「可惡！真的沒有什麼地方是我遺漏的嗎？」

曉不禁惱怒道。她一直反覆的翻閱資料跟影片，直到已經將近晚上七點，所有的人都走光了，她還在一個人奮鬥。

「不行不行，我得冷靜下來，不然會影響判斷力。」

曉一個人在辦公室自言自語，跟那幾乎可以說是沒有資料的資料獨自作戰，過了也不知道多久，突然門外傳來了非常輕微的腳步聲。這讓曉倏然警戒般的轉過頭來。不過……

「叩叩叩！有人在嗎？」

走到門外的女性沒有敲門，而是用一種俏皮的語氣對裡面說著。曉還正疑惑著會是誰在這個幾乎沒幾隻小貓還在校舍裡的時間，跑到一般學生根本不會來到的風紀委員會辦公室。

不過，正當曉還在猶豫要不要應門，門外的女性就擅自把門推開了一條縫隙。這時，也不知為什麼，曉的腦中突然投射出一個奇怪的影子，跟那個飄渺的嗓音重疊在一起。

「果然還在，不愧是女帝。」

是賴湘吟。

「我就想妳一定還在，所以就直接過來了。」

看著曉還在這裡，她也沒問曉的意思，就直接推開門走了進來，一屁股坐在曉對面的位置上。不過也沒忘了轉過身去把門給帶上。

「這個！」她將一個信封放在曉的面前。「雖然說我已經受理了妳的委託，不過老實說這次事件調查下來還真的是超乎想像。妳的回應，會成為這次委託到什麼程度的依據，妳自己決定吧！」

賴湘吟露出一副高深莫測的表情，反倒讓曉感到有點不高興。不過現在的曉最在乎的還是這個案子，只希望能趕快有所進展。這也是她現在還在校舍裡面的原因。而且她也沒有打算要發脾氣的意思。

她將信封翻了過來，想不到卻看到宛如刑事案件現場會看見的那種封條，緊緊的封住了信的封口。下方還寫了一行小小的「危險」二字，頓時之間讓曉出了一手的冷汗。

「這是？」曉看了她一眼，不過她卻只是搖了搖頭。

「我只能說，這是非常非常真實的恐嚇。因為只要看了裡面的東西，妳一定會想辦法追查下去。但別說什麼研判了，我確定裡面的訊息非常的危險，尤其是對於會繼續追查的人來說，看了這個訊息，等於是跟一個強大的對手為敵。所以信才會這樣封起來，留給妳最後的一點猶豫空間。」

她伸手到自己的書包中，將早上曉交給他們的那份風紀委員會的資料放到桌上。

「如果說打開信封並且決定要追查下去，那麼這份資料我們就收下了。反之，如果妳不看，這份資料就還妳，反正我們還沒開始做建檔，所以雙方都不算有損失。」

她笑了笑，把資料推到曉的面前。

「另外就是，如果妳決定要追查下去，並且！」她突然重重的拍了桌子，把曉嚇得差點從座位上跳了起來。

「並且由我們協助將這個案子偵查完畢，那麼今天早上的委託就全部成立。我們會繼續協助追查，再請妳持續將風紀委員會的情報一併提供給我們，直到今年的年底為止。」

語畢，湘吟側過身子，翹了個二郎腿，臉上掛回跟早上那帶著面具的時候一樣的笑容，等著曉的決定。

其實曉的心裡早在嵐飛下午提到事有蹊蹺的時候，就有一種「這次的事件絕對會是一件非常嚴重的事情」的想法。現在看到「圖書館」對資訊做出如此的處理，心中那份感覺也就更加的肯定了。

從曉個人的觀點來說，她並不恐懼有可能遇到的對手。因為她在加入風紀委員會的時候，心中就有著一個明確的目標，那就是要將所有在學生之間不公不義的事情全都揪出來。只不過如果顧慮到風紀委員會其他人、或甚至是嵐飛的立場，那麼可能這份肯定就需要有點打折。

「唉……神啊，請幫助我吧！」

她緊盯著信封上的封條，看了好一會兒，最後直接毅然決然的將信封撕開。

但這時，另一個腳步聲突然出現在門外。曉本來在瞬間又警戒起來，想不到湘吟卻跳了起來，一手就握住了門把。

「鏘鏘！」

她猛然的打開大門，反倒把門外的人嚇得倒退三步。曉探頭一看，發現來的人是嵐飛。

「哇哩勒！」嵐飛大喊一聲，卻又趕緊咬住自己的下唇。曉一看就知道他是差點直接爆粗口。

「妳怎麼在這？」

嵐飛很快的整理了自己的情緒，把那被湘吟嚇得魂不附體的表情收了起來。

「來報告進度囉！來的好，我想我們親愛的女帝會需要她調查拍檔的意見。」

「什麼意見？」

看著她「請進」的手勢，嵐飛好像為了掩飾剛剛過度驚嚇的尷尬，若無其事的走進辦公室裡，挑了張跟兩個人一樣距離的椅子坐了下來。

「是這樣的喔！」

湘吟將門帶上，坐了下來，並且把剛才跟曉提過的事情全都說了一次。其實曉不太想讓嵐飛參加這個決定的過程，而且信封也已經撕開，其實她現在只想趕快知道信裡的內容是什麼。不過事到臨頭，也只能耐著性子等她把事情跟嵐飛說明清楚。

「反正妳一定是會開的嘛！快點看裡面講什麼吧！才好決定下一步該怎麼走。」

「咦？這次這麼乾脆啊？」

曉本來以為嵐飛一定會猶豫，同時也會勸自己要仔細思考行動的後果，不過她看了嵐飛的眼神，發現他早就已經知道自己一定會不計後果、甚至不擇手段也要解決這次的案件。他那種充滿體諒的眼神，讓曉覺得有點受到了鼓舞。

「反正也阻止不了妳，只好挺妳了啊！雖然平常妳找我絕對沒什麼好事，不過這次也不算是什麼壞事吧！」嵐飛笑了笑。「好了，該是定生死的時候了。」

「好！」

憑著嵐飛的信心喊話以及自己的決心，曉將信封中的東西倒了出來。不過信封裡面卻只掉出一張很小的紙條，紙條是折起來的。

「欸……這無不無聊啊！圖書館還會開玩笑？包得那麼嚴密結果只有一張紙喔？」嵐飛忍不住吐槽。

「別這樣說嘛！反正重要的是內容，趕快看吧！」

曉默默的拿起掉在桌面上的那張紙條，將它給翻了開來，但是一看到內容，卻猛然的將紙條丟在桌上。嵐飛看到曉的表情，才剛覺得不對勁，視線一停在紙條上的文字，馬上露出了一個比剛才被湘吟嚇到時更驚駭的表情。

「這……」嵐飛將紙條拿到自己的面前，好確定自己沒有看錯。同時，湘吟的表情也倏然一變，就好像剛才那一副半玩笑的嘴臉不曾存在，但是嘴角卻帶著戲謔般的微笑。

「哈！你們的表情還真是經典。我想我也不用問你們的打算了吧？」

她把放在曉面前的資料放回自己的書包裡，起身將書包背上。

「我會期待妳的後續決定，女帝。」

隨著門扉開啟又關閉的聲音，賴湘吟再度消失在風紀委員會的辦公室裡。嵐飛看向正緊握著拳頭、默默凝視著桌面的曉，剛拿著紙條的手不禁逐漸感到被自己的冷汗給浸濕。

他有點緊張，不知道曉看到這份資訊的內容會有什麼樣的反應。但是緊握拳頭的曉卻從內心中湧出一種強烈的情感，不只是想要將「兇手」繩之以法的心情，還有更多的是那種對「惡」極度的憎恨。

「呵呵呵！這次的對手，還真是有點有趣啊！」她站了起來，將紙條拿在手上，再看了一眼。

「就讓我們大鬧一場吧！如何？」

她轉頭望向窗外，嵐飛從她的側臉，看到了一張充滿狂傲氣息的表情。那是他從來沒有見過的曉。

而曉則是將那張紙條給緊緊的捏在手中，彷彿那個緊握的動作，能夠將那張紙給焚燒。

那是張只寫了「柯建倫」三個字的紙條。

而那是這次的被害人：劉勝德的班導師的名字。

乃芯之五：最後的輪廓

「笨蛋！你知不知道這種行動到底有多危險啊？」

這是第一次，乃芯聽到湘吟的大吼，也是第一次看見湘吟生氣的樣子。

明明大家正待在隔音極佳的影音室裡面，她卻感覺到隔音玻璃正在振動。

「這種行為不但是做死你自己，可能還會害得我們很多人跟著遭殃的，你到底搞不搞得清楚狀況啊？」

她轉頭看向身旁另外兩位同伴，見他們也是極度吃驚的樣子就知道，他們也從未見過這樣的湘吟。可見現在的情況有多麼嚴重。

而正被湘吟痛罵的對象，自然也是一句話都說不出口。

「湘……湘吟，可是冠傑……」乃芯實在是不忍冠傑受到如此嚴厲的責罵，想開口幫他緩頰一下，但湘吟卻倏地回過頭來，雙目怒視著乃芯。

「妳還有臉幫他說話？我想說你們兩個搭檔，應該不會出什麼紕漏才對，想不到你們土法煉鋼就算了，竟然搞這種誘餌戰術，而且還放這麼明顯的餌。妳是有什麼高深莫測的戰術，還是一開始就打算放這小子去死？」

被湘吟這麼一說，乃芯也只能無言以對。因為事實上，她確實並沒有想到什麼調查方式，只是因為線索不斷的延伸出去，於是便一路追查了下去。她並沒有想到事情會發生如此巨大的轉折。

乃芯與冠傑的調查，確實如一開始希望的釣到了魚。而且很明顯的，是一條大魚。

冠傑撥通通話的時候，正是他被一群三年級的學長找上的時候，那些人正是「資優教育先鋒」的人。那時冠傑雖然緊張，卻沒忘記要想辦法留下證據。只不過他的手機中沒有錄音的軟體，於是他便撥通乃芯的手機，而乃芯也非常機靈的使用了通話錄音軟體將對話錄了下來。

這樣一來，如果對方真是「受益者」，那麼錄音的內容有可靠證據、或者是有明顯線索的可能性就非常的高。只不過也因為這起事件，冠傑的身分就算是暴露在嫌疑犯的手中了。

「你手機拿來。」湘吟說著，一把搶走了冠傑還沒遞出來的手機，也不知道是怎麼知道密碼鎖的號碼，馬上俐落的將手機解鎖，開始操作了起來。

「沒辦法，你暫時不能行動了。尤其是你們兩人的對話紀錄要全部刪掉，跟其他的朋友講到相關事件的紀錄也要全部刪除。為了完全除掉風險，我們相關的好友還有通訊錄也要先全部刪掉。對方沒有即時搜查你的手機真的是萬幸，否則連乃芯都要遭殃。真的是氣死我了。」

她一邊操作著手機，將她認為不該留下的東西全都刪掉，然後一邊碎唸著。聽得大夥兒是冷汗直流。

「你是怎麼瞞過他們的？」湘吟問。

「呃……我是說，我認識一個學妹，功課很好也非常注重課業。她有聽說過這個團體，希望我能幫她打聽一下這是什麼樣的團體，還有能夠參加的方式。最近我剛好認識我妹的一個同學，功課非常好，也非常認真，我並沒有騙人。」

「嘖……」湘吟咋舌一聲，將處理完畢的手機丟還給冠傑。「看來因為你是『說實話』的關係，對方沒有發現你另有所圖。不過，你暫時沒有用處了也是事實。才加入兩天就作廢，還真是我看過最有用的人了。唉……」

她大嘆了一口氣，彷彿要將所有的憤怒與不悅全都吐掉，但似乎一點用處都沒有。而大夥兒則是面面相覷，聽著湘吟愈說愈難聽，也不知道該說什麼才好。

「唉！」

她突然大吼了一聲，把所有的人都嚇了一跳。

「算了，我們來看失去一個呂冠傑，換來什麼樣的線索吧！」

似乎是放棄抱怨了，湘吟一瞬間就恢復到之前那一張死氣沉沉的表情，轉頭看向乃芯。

「妳聽過了嗎？」她問。

「沒、沒有。因為錄音的時候是上課，我沒辦法聽，而且因為不是對口通話，所以收進來的聲音很小，用手機播放也很難聽清楚……」乃芯支支吾吾的，深怕自己又說錯了什麼，讓湘吟恢復到剛才暴怒的樣子。

「嗯，不要緊，這用電腦處理就好了。」湘吟伸出手，接過乃芯的手機，連上了打從一開始就放在一旁、已經開好的電腦，熟練的將檔案傳送到電腦中。也不知道一邊操作著什麼，只見她雙手飛速的敲著鍵盤，似乎一口氣正進行著好幾項操作。

要不了多久，一個軟體打開後，湘吟轉頭看向四周的夥伴，大家都專注了起來，站在門旁的矮小女生則是伸手將影音室的門又多上了一道鎖。

然後，湘吟就按下了播放鍵，瞬間，電腦中同時傳來了一陣令人頭疼的雜音，然後才是那有點兒模糊的人聲。

「到處在打聽『資優教育先鋒』的，就是你嗎？」一個有點沙啞的男聲說道。

「呃……是、是的。」這是冠傑的聲音。

「你怎麼會在打聽我們？你有什麼企圖？」這是一個尖銳的男聲。

「喂！說什麼企圖，好像我們有什麼利可圖一樣。」一個聲音圓潤的男聲道。「我們可是正派的團體。」

「噢……也對。」

「你為什麼想打聽我們？你看起來不像資優生啊？」沙啞男問。

「我……我認識一個學妹，是我妹妹的同學。她功課很好，而且非常注重課業。她有聽說過這個團體，非常的好奇，所以希望我能幫她打聽一下細節，還有怎樣才能夠參加，希望明年升上高中後有幸可以加入。」冠傑說。

「哦？原來是這樣？那你這種打聽的方式就不太好了。怎麼像在追查犯人一樣？」圓潤男問。

「因……因為我不知道該從什麼地方查起才好，感覺學長你們非常的神祕耶！」

「哪有什麼神祕的？我們在學務處跟學生會那邊都有登記名冊，每個指導老師跟學生的分配也都在名冊上，你直接去查就可以查到，哪需要這樣大費周章？」圓潤男繼續追問。

「可……可是我不知道啊！而且我在學生會也沒有認識的朋友，我想說，土法煉鋼……」

「哈哈，原來是笨蛋。」尖聲男笑到。

「而……而且，這樣還是不知道要怎樣才能加入不是嗎？也不知道加入後裡面是怎樣。學長們能告訴我嗎？既然我都直接遇到你們了……」冠傑支支吾吾的說。

「我跟你說，學弟。」沙啞男說，聲音靠近了一點。「『資優教育先鋒』不是說想要參加就能夠參加的，需要由指導老師親自邀請，而且每個老師挑選學生的條件都不一樣。像我們的柯老師有一個特殊的條件就是只挑男生，因為我們常常要在校留到非常晚，為了怕被說閒話或是有流言，所以一律不帶女生。」

「而且，每個老師的作風也不同，有老師的補課方式非常嚴苛，會很密集的作習題，也有老師會專挑弱點科目補強的。指導老師不同，方針就不同。」

「老師們也會盡力幫我們排除會影響我們的雜事，像是公益服務之類的。」

「也會幫我們排除找麻煩的人，像是那個劉勝……」尖聲男笑著說。

「喂！你提他做什麼？一個小混混來找我們碴而已，本來不需要老師出馬的。」圓潤男插話到，「就是你特別多嘴，老師才會有處理不完的麻煩。」

「我哪有？是那傢伙自己賊頭賊腦的，竟敢偷聽到那個……」

「好了！」沙啞男大喝一聲，阻止了尖聲男繼續說下去。

「學弟，你別管這傢伙，他就是管不住自己的嘴巴，不但話都隨便說，有時候還亂說。」

「像……像是學長們這樣的團體，會有什麼不能被偷聽的祕密嗎？」

「當然有。像是我們的讀書方式、考古題來源等等，都是我們的祕密。當然那些並不像是那種什麼違法的勾當一樣要保密，但是至少也有商業機密的等級。畢竟我們的老師們之間也是有一點小競爭的，雖然彼此也會互通有無，但是多年鑽研出來的教育方式自然不能隨便外流。」圓潤男解釋到。

「總之，我們也不能說太多，大概就是這個樣子。」沙啞男看了一眼圓潤男，似乎是想做個總結。

「你去跟你認識的那個學妹說，想加入最好的辦法，就只有想盡辦法讓自己的功課表現非常優秀，而且要表現出還想要再更傑出的企圖心，就一定會有老師找上她。還有，別再調查我們的事情了，再細節的東西我們也不便再說。你叫什麼名字，幾班？」

「我……我叫呂冠傑，一年十一班。」

「呂冠傑，我記住你了。記得，別再來找我們的麻煩，你能知道的也就這麼多了。否則就算我們不能怎麼樣，我們柯老師的辦法可多了。聽到了沒？」

「知……知道了。」

可能是因為將音效放大許多，裡面的對話聲讓人聽了感到有些不適，不過整體而言，對話的內容並沒有太明顯的問題。大夥兒在聽了這份音檔後彼此互看了一眼，都滿臉的疑惑，而乃芯則是不禁感到有點失望。難道讓冠傑冒了這麼大的風險，換到的只有這樣而已嗎？

「哼哼哼……哈哈哈哈！」

但是湘吟卻不知為何笑了起來，而且還是發瘋似的大笑。

「有趣、太有趣了！好樣的！想不到竟然能夠釣出這麼有趣的線索。」

「湘……湘吟？」

「不錯嘛，看來這個犧牲似乎值得喔！尤其那個『會有什麼樣的祕密嗎？』根本是一絕，太有趣啦，哈哈哈哈哈！」

湘吟自顧自的笑著，完全沒有注意到身旁的同伴已經疑惑到有些驚恐的神情，很快的又操作起電腦，不知道在做什麼。看著這樣的湘吟，乃芯覺得自己好像突然被置身事外，而且夥伴也都一臉疑惑的樣子，似乎並不恰當。

「湘……湘吟，妳能跟我們解釋一下到底是怎麼一回事嗎？」

「對……對啊……」冠傑答腔。

「咦？啊，抱歉抱歉，我一時太興奮，竟然連你們都忘了。好好，你們快都坐下，我跟你們說是怎麼回事。」

看著湘吟情緒劇烈的浮動，大夥兒都一臉疑惑，也不知道她到底是從這分音檔中聽出了什麼端倪。但是從她竟然如此的失控大笑的模樣來看，勢必是有很大的進展。這也讓大夥兒疑惑的表情上都增添了一點的信心。而湘吟則是繼續飛快的操作著電腦，直到大家都坐定了，才再度抬起頭來。

「湘吟，這個音檔裡面，有出現什麼關鍵的證據嗎？」乃芯問。

「證據是沒有，不過線索倒是很多。」湘吟笑著，毫不保留的說了起來。「首先，因為有人在打聽他們的事情，他們很明顯的很緊張。那個聲音細細尖尖的傢伙說話不太經過大腦，所以破綻很多。好幾次他都差點說錯話，雖然還沒說出來就被阻止，但是這種掩飾的手法實在是太明顯了，一聽就知道一定有隱情。」

「再來，他們有提到『我們的柯老師』，資優教育先鋒的名單我看過，老師裡面只有一個姓柯的，叫做柯建倫，是三年七班的導師。」

「而且，『我們的柯老師』這句話有點不對勁，通常應該會說『我們老師』，表示這個老師是『柯老師』對這幾個學生來說很重要。如果我的推測無誤，這幾個人應該是柯建倫班上的學生，那麼這三個人就是林有達、蔡啟豐跟陳維帆，是柯建倫愛徒中的愛徒。」

「他們一方面想表示自己正派公開，卻又一方面要別人不要再調查，希望能掩飾隱藏，非常的突兀。」

「那……還有什麼其他的線索嗎？」乃芯繼續往下問。

「另一個關鍵，在於冠傑問『會有什麼樣的祕密嗎』那個時候，聲音中規中矩的那個叫做陳維帆的，他是回答『像是讀書方式跟考古題來源』。本來這麼說應該是沒有問題才對，不過他後來又強調『不是違法的勾當』，這種說法非常的欲蓋彌彰。」

「一般來說，提到讀書方式跟考古題，不會有人去想到違法吧？一開始聲明是正派團體，又說冠傑把他們當犯人查的也是他。所以這傢伙應該也不太精明。」講到了這，湘吟露出了有點壞壞的笑容。

「然後是最後一點，不過這一點你們沒注意到也是情有可原。他們在對話中有提到『排除找麻煩的人』，對吧？」

「嗯，是的。」乃芯看了圍坐在四周的夥伴們，大家紛紛點頭。

「三年七班，就是有人自殺未遂的那個班級，自殺的學生的名字，叫做劉勝德。」

「咦？」乃芯疑惑的大喊了一聲。劉勝德，這個名字似乎有出現在剛才的對話中。

「如果那句『排除找麻煩的人』，有另外一個意思呢？如果這兩件事情有關連呢？什麼樣的事情嚴重到要用這種方式『排除找麻煩的人』呢？林有達，也就是那個沒腦袋的傢伙有提到劉勝德有『偷聽到什麼』，如果偷聽到的就是考題的事情呢？」

「這……這樣一來……」乃芯聽著湘吟的推測，也逐漸激動了起來。

「當然，這一切都還只是推測而已。不過如果能有更明確的證據……」

湘吟依然笑著，然後打開了剛才所使用的音樂播放程式。不過這次，她播放的是另外一個音檔，裡面是一段很危險的發言，感覺像是要將某個人逼上絕路。

「這是今天早上，我從公義女帝手上拿到的檔案。」

「咦？是風紀委員會長她……」

「細節我就先不多說了，不過你們看這個。」

湘吟啟動播放程式的另一個功能，顯示出了檔案的音軌。她將聲音拉到尖銳男聲大罵的『媽的』那段，然後再啟動乃芯錄下的檔案，拉到林有達笑的那段，最後按下『比對』，電腦上竟然跳出『吻合度百分之九十六』。

「每個人的聲音特質幾乎可以說獨一無二，就跟指紋一樣。所以這個證據，基本上可以確定兩個音檔之中都有林有達的存在。我想聲音很有磁性的那個蔡啟豐應該也是一樣吧！」

「那……這能證明什麼嗎？」

「應該不能吧！這樣的程度如果要作為刑事證據，應該還沒有到有用的程度。但是至少我們已經可以確定，這兩件事情是有關連的，所以接下來就不必分頭調查了。而且從這些資訊裡面也可以合理的推測出柯建倫那傢伙跟這件事一定有關，他跟劉勝德的自殺也一定有關。只要有證據能證明他或是他的學生跟流出事件有直接關係，這一票就能夠一次處理掉。」

「況且，今天我們才跟公義女帝接洽過，這個情報我想她一定很想要。」

「咦，為什麼？」

「來，這是這次的接洽紀錄。妳先看過。」

湘吟將一份資料交給乃芯，上頭的註記是「東方曉：自殺未遂事件情報」。乃芯隨手將資料翻開，仔細一看，發現裡面的資訊相當駭人，一瞬間就將一起自殺未遂案，推導成一場密謀的殺人案。

「這是……」乃芯看著看著，冷汗都留了下來。再加上前面湘吟為大家所做的解釋，似乎一切都連了起來。

「所以接下來，就是該將所有資源都丟進來玩的時候了。」

湘吟露出了如獵鷹一般的銳利眼神，嘴角再度掛上了高深莫測的笑容。

隔天一早，晨間的空氣比昨天還要難以呼吸。曉跟嵐飛兩人再度在晨間自習時間之前就在噴水池碰頭了，不過兩人的表情很明顯的都跟前一天完全不同。

「老實說，我很好奇，只有一個名字該怎麼追查下去。」

面對嵐飛的疑問，曉閉口不語。其實嵐飛也是整個晚上都在想這件事情，所以幾乎不得好眠。

他實在無法想像，該怎樣去對抗一個老師，而且兩人手上唯一的指證，就只有圖書館的情報而已。那張紙條跟信封昨晚還被曉給燒掉了。不過他總覺得曉似乎已經有了很多想法。

「我覺得，重點應該是『到底是為了什麼原因』才對。我想那個姓柯的應該不是讓人推劉同學下樓，而是用某種方式讓劉同學被迫跳樓。可是最重要的還是他們為何要迫害劉同學。一定有一個很大的原因，否則不至於要逼人走上絕路。」

「音檔裡面不是有說『我們得想辦法讓他閉嘴』嗎？」

「是啊！這兩者之間一定有他的關係。我覺得我們得先調查一下那個姓柯的。」

「或許，這個倒不是太大的問題。妳跟我來，我們先去學生會。」

聽著曉的看法，嵐飛突然感覺自己好像知道該從何著手。所以這次就由嵐飛領頭，兩人先進入了鐘塔大樓的學生會辦公區。嵐飛在辦公室裡面拿了檔案室的鑰匙後，兩人就直接進入了檔案室。

他帶著曉來到很深處的一排檔案櫃，這裡充滿了灰塵以及紙張的味道。

「這邊是跟老師相關的資料。通常都只是紀錄，不太會用到，所以放在最裡面。我記得我看過那傢伙的資料，他也算是很特殊的老師，所以我有印象。」嵐飛一邊說著，一邊翻著資料。他回想起昨天乃芯跟自己提到的事情，才終於將線索連接起來。

「是怎麼個特殊法？」

「他是屬於『資優教育先鋒派』的幾個主要的老師之一，有時候作法相當激進。妳昨天應該也有聽到這個傳聞吧？『資優教育先鋒』。」

「什麼傳聞？」曉想了想，這兩天自己完全專注在調查這起自殺未遂的案子，實在是沒有任何心思去注意其他的事情。

「唉……算了。我也是聽人家提到我才想到的。這個『資優教育先鋒』，簡單說起來就是『好成績俱樂部』，反正就是成績好的學生的聚集處，負責的老師們則是一群只重視分數的老師就對了。昨天我看之前的案件處理報告的時候，還沒有想到這一點。」

「他們的作風跟這所學園的理念還真是背道而馳。」

「我想他們可不認為。他們曾經好幾次主張要提拔成績優異的學生擔任特殊的學生職務，並且屢次以『資優』的名義讓一些成績好但是品德有點問題的學生免於受到處罰。他們認為『資優者』就是未來的領導者，所以也特別對成績優異的升學生給予在大學部的一些幫助。反正就是名符其實的『好成績俱樂部』。」

「那他們怎麼沒找上我？」

聽到這裡，曉有點不服氣的講到。再怎麼說她的學業成績也是學年的前十名，算是公認的優秀學生。

「好像對他們來說，有參與學生團體或是社團的都不在他們的『培育』

範圍之內，只有一心為了學業的學生才是他們要拔擢的對象。」嵐飛不置可否的笑了笑。

「那也偏激過了頭吧！」曉無奈的嘆了口氣，「不過，這跟這次事件有什麼關係嗎？」

「妳剛剛一說要調查他，我才想到可能有。」

嵐飛從檔案櫃上抽出一疊資料遞給了曉。她看著那上頭戲謔一般的寫著『俱樂部資料集』，不禁也跟著笑了出來。

「妳想，他們對學生的成績有幾乎到偏執程度的……該怎麼說？信仰？」

「你這樣講也沒錯。」

「所以我覺得如果是因為這個原因，他們可能會做出任何事情。」

語畢，嵐飛就閉上了嘴，看著曉獨自翻開資料，閱讀了起來。不過她的雙眉隨著資料愈看愈是緊皺，很快的，她就將整份資料給闔上，不再看下去。

「竟然連驚動到警方的案件都能打回票，這個俱樂部還真不簡單。」

「可不是嗎！」

「不過那個時候我還沒來啊！」

「反正妳的意思，就是要正面跟他們為敵囉？」

嵐飛露出了苦笑，從曉的手中接下檔案，放回到原來的位置上。

「應該說，現在我們手上只有這個線索，不往這個方向追查下去，我們也沒有其他的辦法了吧！」

「雖然妳這麼說也沒錯，不過線索太薄弱了吧？」

說到這裡，嵐飛比了個手勢，示意曉一起離開這個充滿灰塵跟紙味的地方。

「其實只要知道他們是俱樂部的人，我想動機的可能性範圍就縮小了很多。」仔細想著剛才資料中的一切紀錄，以及兩人之間的推測，曉覺得自己彷彿大夢初醒。

「除了為了他愛徒們的成績，他應該也不會做出什麼其他偏激的事情了吧？」

「既然確定是他幹的，我想我們可以合理的推測一定跟學業有關。」

「妳就這麼相信圖書館的情報喔？」

嵐飛疑惑的看著曉，但是她卻露出了一副要笑不笑的表情。

「不然你想，已經有那麼多光怪陸離的傳聞，為什麼還是有人會去找圖書館，即使要付出代價也要得到自己想要的資訊？就是他們提供的資料是保證正確的。」

曉優先走出了檔案室，讓嵐飛能將門給鎖上，兩人並肩往學生會的辦公室走了回去。

「你也可以去請他們調查你喜歡的那個女生是不是也喜歡你，也許你會得到意想不到的驚喜！她叫什麼名字？游乃芯？」說著，曉就竊笑了起來。

「妳為什麼會知道？不對，這種事我才不幹哩！」嵐飛大聲的喊著，隨後，代表晨間自習的鐘聲就響了起來。

把檔案室的鑰匙放回辦公室後，兩人順道跟幾個已經到學生會辦公室的夥伴們打了聲招呼，就結伴走向教學大樓的方向。途中，曉一直沉默不語，嵐飛好像看穿了她正在思考接下來的作戰策略，所以也沒有刻意搭話。

直到兩人已經走過了中央教學大樓的穿堂，曉才抬起頭來，看向嵐飛。但是她的眼神卻讓嵐飛突然感到了一股莫名的恐懼。雖然，他同時也覺得自己或許不會再更加驚訝了。

「我有一個點子，不過……有點風險？」

她露出了一個俏皮的笑臉，卻反而讓嵐飛覺得更加的危險。
「只有一點嗎？」
「當然不是囉！這可是危險到了極點呢！」
曉詭譎的笑容，深深的投射在嵐飛的視網膜上。

曉之五：最後的連結

當天，光是聽完曉設計的整個作戰計畫，就讓嵐飛出了一身的冷汗。不過嵐飛確實也認同曉的觀點，那就是「也只有一試，才能知道答案」。

於是，兩人幾乎花費了一整天的時間做籌備，為了不讓事情延燒到風紀委員會與學生會，嵐飛動用自己的人脈，召集了一大群的不良學生，打算來大幹一票。

隔天下午，到了作戰計畫執行的預定時刻。曉與嵐飛兩人並肩走到位於東側教學大樓四樓的三年級教職員辦公室，禮貌性的敲了敲門後，就直接走了進去，來到了一個體型壯碩、身穿褐色西裝的男人身後。

「柯老師您好。」

「哦？你們是二年級的東方曉以及葉嵐飛吧！唉呀！」一身材非常符合「魁梧男性」一詞的柯建倫老師，對這兩位客人的來到感到非常的訝異。不過，他卻玩笑一般的拍了一下自己的額頭，顯然在一瞬間就明白了這兩人的來意。

「兩位那麼優秀的學生特別來找我，我想應該是為了勝德的事情吧！」

「是的。老師班上的學生發生了這種事情，我們感到非常遺憾。」

隨著曉幽幽的語氣，她與嵐飛兩人紛紛點頭致意。

「別這麼說，這不是你們的錯。他能保住一命真的算是不幸中的大幸。」

「是的。根據我們的確認，劉勝德學長目前雖然短期之內沒有恢復意識的跡象，不過生命跡象已經是非常穩定了。」

「那就好！那就好！」

雙方看似彼此非常普通的在寒暄，嵐飛卻覺得有點緊張，很明顯是因為作戰計畫的關係。不過曉卻是擺出一副專業的姿態，又再度與柯建倫老師繼續對談了下去。

「既然風紀委員會跟學生會的代表人物跑來找我……意思是，你們覺得這是屬於學生風紀案件，是嗎？」柯建倫斬釘截鐵的說到。

「其實柯老師，我們就是為了要排除這個可能性，所以才來找您的。我們很希望這整件事情跟學生風紀完全無關，所以希望能有一些證明劉學長確實是自殺的跡象。因為學生會那邊我們有得到一些近期的案件紀錄，我們想詳細的跟您確認事件的經過。」

曉非常自然的開始詢問那份幾周前登記在學生會的疑似爭執案件，而這位柯老師自然也是相當詳細的描述起針對爭執雙方的輔導過程。過程中雖然嵐飛只負責旁聽，只不過整體的交談內容，卻讓嵐飛很明顯的感覺到「這個老師確實很偏袒好成績的學生」。

他看了一下手錶好確定時間，因為其實打從兩人進入辦公室十分鐘之前，整個作戰計畫就已經開始。他相信曉為了集中注意力在對付這位柯老師，根本完全失去了時間的概念，不過如果按照作戰計畫，他們設計的第一個引爆點已經即將觸發。

「柯老師！」

突然，辦公室的大們倏地打開，一個年輕的女老師站在門口，露出了慌張的神色。這就是第一個暗號，曉也迅速的回望嵐飛，使了一個眼色。

「柯老師，你們班上的學生……」

「怎麼回事？」柯建倫老師猛然的站起身來，似乎對這位女老師的反應感到相當緊張。不過女老師只是支支吾吾的，感覺因為是快跑過來，顯得有點上氣不接下氣。

「你班上的學生……打架……」

「打架？」

「是的！」

「可惡！又是那幾個混小子嗎？」

聽到「打架」二字，柯建倫老師彷彿一瞬間就被怒氣給填滿了。他用力的拍了桌子，一個箭步就衝了出去，不過在走到門口的時候，也不忘回頭喊了一聲「不好意思，我們待會兒再談」。這時，曉再度看了嵐飛一眼，示意他接下來的作戰，接著，便也跟著柯建倫老師的腳步衝了出去。

嵐飛按照計畫，在假裝傻住的等了幾秒之後，才開始接下來的動作。他整理起方才曉與柯建倫老師會談時所遺留的資料，同時用眼角的餘光左右瞄了幾眼，確定辦公室之內還有其他的老師在，所以還沒有任何多餘的作為。

直到第二個暗號出現。

突然之間，整棟大樓的火災警報器開始大響了起來。本來辦公室裡面的老師們，才因為先前柯老師班上學生的事情，各個都顯得有些心神不寧，這下警報器一響，所有人都跳了起來，紛紛跑出教職員辦公室，想瞭解到底是怎麼一回事。

而嵐飛也就趁著這個空檔，快速的抓起被柯建倫老師遺留在自己桌上的手機，藏在手中整疊的資料裡面，並且開始操作了起來。

他們花了一個早上的時間，確定了柯老師手機的解鎖密碼。嵐飛迅速的解開密碼鎖，並且直接點進通訊軟體中，開始找尋可能的線索。

不過他並沒有忘記，接下來還有第三個暗號。而隨著時間經過，外頭喧鬧的聲音也愈來越大，他知道時間差不多了，只不過手機的通訊軟體中卻沒有任何線索，只發現了一些可能有關的對話，不過都沒有明確的用詞。

很快的，火災警報的聲音停了下來，接下來響起的是校內廣播的聲音。這就是第三個暗號了。

不過，這次廣播的聲音並不是大家平常聽到的廣播員的聲音，不是那個柔和而且平穩的女聲，而是夾雜在一大堆嬉鬧聲裡面的尖銳女聲。

「啊～啊～大家有聽到嗎？這邊是廣播員廣播。聽說有人在中央教學大樓的一樓放置了炸彈，請大家小心自身安危，完畢！」

接著，便是一連串令人膽顫心驚的鞭炮爆炸聲，以及四處逃竄的尖叫聲。

到了這個地步，嵐飛知道自己時間不多了，他的手掌已經滿是手汗，但是卻沒有發現任何有決定性的線索。他本來以為自己會因為聽到廣播部份的作戰而笑出來，但是緊繃感卻完全吞沒了他，使他幾乎無法控制自己的手。

他在發抖，不單只是因為緊張的氣氛，同時也因為感覺已到盡頭，卻依然沒有收穫的挫敗感。

但就在萬念俱灰之際，他突然瞄到柯老師的電腦銀幕上，滑鼠游標非常神奇的在桌面空無一物的地方，標示出了手指的位置。

「是隱藏資料夾！？」

嵐飛心頭一震，迅速的將那隻手機上的手汗跟自己留下的明顯指紋用衣服擦掉，放回到原來的位置。並且很快的抓起滑鼠，打開了資料夾。

他被興奮感給填滿，心想總算是有所收穫，但是眼前顯示的一行文字，卻讓他那張興奮的表情，在一瞬間就垮了下來。

他拿出自己的手機，將銀幕上的畫面拍了照。迅速的將柯老師的桌面恢復原狀，然後拿起資料離開了這個空無一人的三年級教職員辦公室。

只不過他的內心，已經被那行震懾他的文字給完全填滿了……

那只是一行好像不是很重要的文字：「三年級升學考試完整試題」……

外章：意料之外

隨著事情的進展，一切都被湘吟看在眼裡。

讓冠傑擔當乃芯的助手，不但能迅速的提昇冠傑的能力以及對「圖書館」的熟悉，也同時能保護乃芯對於接任隊長後的那份不安心理。

利用主動接洽的東方曉，提出聯合調查的邀請讓對方因著性格與本能而成為強大的戰力，加上協同調查者葉嵐飛的職位與人脈關係，比起孤軍奮戰的「圖書館」，更能有效的以大量的人力以及不同角度的力量介入這場調查之中。

沒錯，一切都在她的計畫之中。就連東方曉會動用葉嵐飛的人脈發動作戰，也在她可預測的範圍之內。而冠傑的自殺行為雖然沒有被她列入考量之中，但是就結果而言，也算是一次漂亮的犧牲打。

作戰結束後，曉主動與湘吟聯絡，決定與「圖書館」定下單次的合作約定，也就是說，這次的調查將結合風紀團員會、學生會、以及神祕的組織「圖書館」。而在湘吟精湛的電腦駭客能力之下，循著東方曉提供的線索，很快的就從嫌疑人等的通訊裝置以及電腦擷取到明確的證據。

這樣一來，幾乎可以說已經一切萬事俱備。

但是卻還有一件事情在她的預料之內，但也是這次事件的最大敗筆。

「嘖……果然如我所料……」

她早就利用拿走冠傑手機刪除資料的那次，獲得能夠輕易入侵他手機的通訊碼，好藉此隨時監控冠傑的安危。她早就預料到被調查到的「資優教育先鋒」會找上他，只不過她並沒有想到這些人不但在被錄音那天之後仔細調查過冠傑，還用他妹妹的安危來威脅他。

發現此事的湘吟，便趕緊調派人手追蹤到冠傑與那班人的會面地點，而她也早就預料到冠傑會打電話找乃芯求救，所以對乃芯會出現在雙方人馬的會面地點並沒有絲毫的驚訝。而只有一點她沒有想到，那就是乃芯竟然將「圖書館」所蒐集到的資料全都帶到了現場去。

只不過現在出面阻止也已經於事無補，所以湘吟只是靜靜的躲在不遠的陰暗處，並且使用小型的竊聽裝置偷聽，同時也打開了錄音的軟體收音。

「這個女的又是誰？」尖銳的男聲說道。

「她是誰不重要，看起來也不像是閒雜人等。在我們開始談話之前，你們兩個，把手機給我們看，我要確認都沒有錄音或是正在跟誰通話。」有些沙啞的男聲喊到，「我們看過之後會直接放在地上，等我們離開之後才能拿起來。這樣談判才會開始。」

「沒問題，我們什麼手腳都不會作。」乃芯說道。

「不錯，很聽話嘛！就是要這樣。不要像某個愚蠢的傢伙，一而再再而三的挑戰我們的底線，才會有那種不好的下場。」尖聲男說到。

「你是在說劉勝德學長嗎？」乃芯問。

「我們只是在說一個既討人厭又不知天高地厚的傻瓜而已，沒有在說誰。今天我們什麼也不會說，也什麼都不會做，你們是自願跟我們談話的，無論你們交給我們什麼，也都是自願的。」圓潤的男聲說到。

「話說，要不要搜身？這些傢伙身上如果有藏什麼錄音筆之類的就糟了。尤其突然來的那個女的更是可疑，可以搜得仔細一點……」尖聲男一邊說，還一邊竊笑。

「你少來，你只是想趁機摸那個女生對吧？」沙啞男說，「你只是想性騷擾而已，不必了。他們應該非常理解我們這次的談話有什麼意義，我想他們是不會動什麼手腳的。尤其那個女生的眼神，我看得出來她非常的明白。」

「嘖……那好吧！」

「那，你們知道什麼，統統說出來。」圓潤男說。

「不必用說的，我全部都交給你們。」乃芯如此回答，並且似乎將什麼交給了對方。

接下來是一陣漫長而令人惶恐的沉默。

「你們竟然……為什麼有辦法做到這種程度？」圓潤男似乎有點驚惶。

「你們……是……『圖書館』嗎？」沙啞男低聲問到，語氣也顯得相當驚訝。

「不，不是。只是我比較精通電腦跟駭客的技術而已。」乃芯說。

「駭客？真看不出來。算了。你們所知道的就是這些，是嗎？」沙啞男問。

「這些就是全部了。你們都提出那種說法了，我們才不會動什麼手腳。」乃芯堅定的回道。

「哼！妳果然很明白我們這次談話有什麼意義。很好、很好。所以我想妳也知道我們這次的對談還有什麼用意，對吧？」

「你們是想說『有時候還是知道的少一點比較幸福』嗎？」乃芯說。

「哈哈，這女的還有心情開玩笑耶！真棒，我喜歡！」

「閉嘴啦！」圓潤男喊了尖聲男一聲，才繼續說到：「妳說的沒錯。所以我們希望這件事情能再也沒有下文了。我們也不希望有什麼人因此而發生什麼事情。」

「所以，我可以相信不會有人因為這件事情而發生什麼事情，或者特別被關切嗎？」乃芯問。

「這個嘛……我想妳也知道，人都是很自私的。反正呢，只要我們所不希望的事情沒有發生，妳所希望的就沒有問題。我們不會特別關切，不過在事情結束前，我們會特別關注某些人。我想妳明白我的意思。」沙啞男回道。

「是的，我知道。我是游乃芯，二年十四班。」

「呵呵，妳真是個通情達理的學妹，我連問都不用問。我真好奇像妳這樣的人為什麼妳沒有在學生會或是其他的團體擔任什麼職務。算了，這樣我們的交涉就算是順利的結束。」沙啞男笑道。

「我可以期待你們會說話算話吧，學長？」乃芯再次問到。

「我可以保證，只要你們安分守己，這裡的人都不會受到任何傷害。」

沙啞男回答。

「還有冠傑的妹妹。」

「對，還有那小子的妹妹也不會。」

接下來又是一片沉默，伴隨著微弱的腳步聲。從聲音聽來，乃芯與冠傑似乎打算等對方走遠再離開，不過這場不對等的談判也到此正式的落幕。

除了乃芯冷靜的謊言之外，這場談判、竊聽與錄音並沒有任何收穫。

湘吟明白事情到這裡也算是告一個段落了，我方雖然掌握先機，但對方並不是省油的燈。本來以為犧牲一個冠傑能夠將對方一網打盡，但是現在不但連乃芯的身分也都暴露，而且手上比較明確的證據很明顯的也落到了對方的手上。

被將了一軍。

本來應該是這樣。

「東方曉，那傢伙應該不會罷手吧！接下來還有好戲可看。」

湘吟充滿詭計的笑容，沒有被任何人看見。

乃芯終章：最終計劃

本來以為事情已成定局，但是一切都還沒結束。

因為她不會罷手，而他們也不會罷手。在這件事分出勝負之前，根本沒有人打算要停下腳步。

為了不讓自己成為犧牲品，乃芯只能繼續堅持下去。走這條自己一直覺得不該是自己會走上的道路。

她冷靜的坐在那間影音室的最深處，低著頭，輕輕的嘆著氣。她的面前放著湘吟的電腦，身旁是冠傑以及當初被湘吟獨立出來協助調查自殺未遂事件的那兩位夥伴。那三個人都盯著她自己，也不知道是在擔心，還是另外有什麼想法。

這時，湘吟將影音室的門打開，帶著兩個人一起走了進來。

「那麼，接下來就算是我們雙方合作後第一次正式的會面了。」

那是東方曉以及葉嵐飛，這次與「圖書館」聯合調查的另外兩個團體的領導人。

「乃芯？」嵐飛似乎不敢置信會在這裡看到自己的好友，語氣顯得非常的驚訝。而曉也在聽到嵐飛的稱呼後，顯得有點訝異。

「她是……你朋友？」曉問道。

「很高興能這麼快再見到你，嵐飛。雖然我並不期望這樣。」乃芯開口，微笑著站了起來，並伸手示意兩人就坐。

「看來我就不用特別介紹了。這位是我們的隊長游乃芯，雖然才上任不久，不過兩位應該本來都算認識。」湘吟露出了那個招牌的壞笑。

「隊長？乃芯妳是……『圖書館』的隊長？」嵐飛則是顯得一副難以接受的樣子，幾乎是傻在原地。

然而乃芯並不怪嵐飛，畢竟兩人相識如此之久，乃芯在他的心目中應該還是國中時期那個唯唯諾諾的女孩吧！雖然乃芯也認為那個少女依然住在自己的心裡深處，但是現在的她，是一個背負著調查責任的隊長。尤其是在失去了證據、又有著危險的現在。

「只是個調查小組的隊長，而且我才剛接任一個星期而已。請多指教。」

「欸，你先坐下啦！」

「呃……嗯……」

嵐飛傻傻的楞了一下，才慢慢的找了個位置坐了下來。早就坐定的曉看了嵐飛一眼，覺得有點兒好笑。

至此，才是下一盤棋局的開始。

雖然這是湘吟的說法，但是乃芯也明白，接下來才是最後的戰役。如果在最後的這場賽局中好「圖書館」、風紀委員會跟學生會敗下陣來，想必會有很多不好的事情發生。乃芯在聽到冠傑與自己求救，說自己的妹妹會有危險的時候，心中就有這種感覺。

一定要抓住這些傢伙，無論用什麼方法。

「那麼，我就開宗明義的說了。」乃芯等湘吟也坐到自己的身旁，並且將電腦拉到她自己面前之後，才開口繼續說到，「因為某些緣故，我們目前手上所有的全部證據，現在都已經失去了。」

「妳是什麼意思？」

曉大喊了一聲，嚇得大家都跳了起來。這時，湘吟再度站了起來，與乃芯對忘了一眼，確定了她的意思後，開始解說起那天發生的事件。包含事後她從冠傑那得知對方是如何威脅，以及自己所偷聽到的東西等等。曉及嵐飛聽了後，兩人都面色凝重，但很明顯的，曉的眼中燃燒著一股不知是怒意還是憎恨，連乃芯都輕易地看了出來。

「可惡！怎麼讓那些傢伙為所欲為？」聽完湘吟的敘述，曉重敲桌面，情緒非常的激動。

「嘖……不過應該也沒有別的辦法吧？如果這樣一來能讓冠傑學弟的妹妹安全……」

「哪有可能？那些傢伙連劉勝德那種事情都搞得出來，哪有可能輕易的放過他們？」湘吟諷刺般的說著。

「妳是什麼意思？」嵐飛問。

「根據我們這裡所查到的，劉勝德的墜樓事件應該確實是他們搞的，雖然還不清楚他們的手法，不過我想應該也沒有別的可能了。他們可是為了封口可以幹出那種事情，哪有這麼容易就放過乃芯、冠傑跟他妹妹？」她聳著肩在房中來回踱步。一面說著，還一面露出一副無可奈何的表情。

「我想他們一定也還在懷疑乃芯跟冠傑調查他們的原因，還有到底有哪些人也牽扯在內。他們在沒有把所有人都挖出來是不會罷手的，所以這三人的安全也只是暫時而已。」

「什……什麼意思？難道我們已經把全部的東西都交出去還不夠嗎？」冠傑驚恐的問。

「就算你這麼說，他們也是不會相信的。畢竟他們已經搞了那種勾當，現在他們根本誰都不相信，怎麼可能會輕易地罷手？」

「妳說的沒錯，他們是不會輕易罷手的。」曉附和著湘吟的說法，「所以我們得先發制人才行。必須想個辦法一口氣解決他們，不能讓他們有捲土重來的機會。連老師也一樣。」

「連老師也……」冠傑的聲音似乎因為恐懼而變得愈來愈小。

「當然。真要講的話，老師才算是真正的幕後黑手吧！不然不管那幾個傢伙再有本事，要弄到升學試題哪有那麼容易？」

「的確，根據我們的調查，柯建倫確實是這次升學試題的行政人員之一，所以這次他能拿到考題並沒有什麼特別的管道。」湘吟轉過頭來看著曉說道。

「只不過，雖然他應該也花了不少功夫才弄到考題，所以不知道會不會願意跟其他老師共享這個好處，而且還有違法的問題，可是我們也不能排除有其他老師涉案的可能。」

「其他老師涉案的可能嗎……確實也是個棘手的問題。如果沒有辦法將他們一網打盡，那留下來的人捲土重來的機會就很高，報復也變得相對容易很多。」曉說著說著低下頭去沉思了起來。

「報復是指我們嗎？」冠傑問。

「當然啦！如果這次的對手只是個案那還比較好處理。但如果這次的考題流出事件並不是單一的犯案，或者他們很有組織的話，這種敵在暗我在明的狀況，即使把那些能以證據逮捕的傢伙全都除掉，我們還是很危險。」

「慢著。」這時，一直沒有開口的嵐飛終於說話。

「所以，妳們是已經確定要在現在這樣的狀況下跟這些傢伙為敵嗎？」

「當然啊！」曉回道。

「我的意思是說，也許乃芯……也許『圖書館』這邊能夠用相同的方式再次獲得證據來指控這些人，但是我們所知道的也就只有那麼多了不是嗎？」

「你所疑惑的是什麼？」湘吟問。

「我的意思是，光靠這樣的證據，有辦法在對方出手反擊之前將他們一口氣拿下嗎？能夠保證所有的人都沒事嗎？從現在的狀況來看，就像你們剛才說的是敵在暗我在明，如果沒辦法確定將那些傢伙一網打盡，會有危險的可是他們啊！」嵐飛轉頭看向乃芯與冠傑，露出了擔憂的神色。

「所以，就必須想好一個絕對能夠成功的作戰，像之前的那種蒐證作戰是行不通的。必須準備一個能夠當場就將他們抓起來的作戰才行。」一直低著頭的乃芯突然這麼說到。

「聽妳的說法，應該已經有了什麼明確的想法吧！那是個什麼樣的作戰？」

曉輕嘆一口氣，微笑著看向乃芯。不過回答她的卻是湘吟。

「簡單來說，就是很單純的誘餌作戰。」她走到了乃芯跟冠傑身旁，拍了她倆的肩膀，「當然，誘餌就是他們。簡單易懂。」

「誘餌……作戰？」冠傑聽了湘吟的話，似乎有點驚訝到說不出話來。

「這樣不是更危險嗎？」嵐飛訝異的說。

「我們得用最大的餌，才能對付最大的魚。」

乃芯看著嵐飛，眼神堅定的如此回答。看著欲言又止的他，乃芯心裡知道，嵐飛只是在擔心自己而已，而且他也是才剛知道自己是「圖書館」的成員，也是第一次正式與「圖書館」接觸，並不了解「圖書館」是個什麼樣的團體。

可是乃芯在「圖書館」已經待了一年，雖然稱不上資深、也從來沒有遇過如此棘手的事件，但是她知道，「圖書館」並不只是一個小小的、獨立的學生祕密團體。在「圖書館」的背後，一定有著更大的存在，支持著這些學生調查的團隊，並且管理、記錄著一直以來的資料直到今天。

所以，只要能知道或是找到這個背後的支持者，就一定有辦法對抗眼前這些作惡的人。

「看樣子，你們似乎已經有策略了？」曉看著乃芯，露出了笑容。

「沒錯！那麼，大家看到我這邊來。」湘吟一邊說著，一邊從一旁拿出了白色的白板筆，在黑色的白板牆上開始書寫了起來。

曉終章：正面對決

那天晚上，曉收到了來自賴湘吟的聯絡。

那是曉第一次收到來自賴湘吟的聯絡。不是「圖書館」的匿名通知，而是從她個人的手機傳簡訊過來。這讓曉的心裡覺得相當的不對勁。

隔天，曉心中的不安馬上就得到應驗。一早跟嵐飛在她的帶領之下來到了那天的影音室裡面，不過裡面卻有著令人驚訝的人，還帶來了令人驚訝的消息。

「我才不會，讓那些傢伙就這麼逃過一劫。」曉緊咬著牙、握著拳，讓憤怒隨著疼痛釋放，腦中一邊思考著有什麼策略才能將那些作惡之人繩之以法。

無論要用什麼手段。

而賴湘吟神祕的笑容與游乃芯堅定的眼神，給了她答案。那是戰爭的前哨，像是呼籲突擊的號角。曉在心裡默默的知道，這次無非會是一場棘手的戰役，但是同時也是奠定學園內新的秩序的大好機會。

沒錯，連老師的非法行為都不能被容忍。不對。就因為是老師，所以才絕對不能容忍。即使是老師，也不能挑戰正義。

於是作戰便即刻展開。

這個聯合了四個學生團體的共同作戰，幾乎可以說除了學園慶典之外，從來沒有看過那麼大規模的行動。但是這唯一的一次，在檯面上卻是風平浪靜，只在暗暗地波濤洶湧。

會議結束後，「圖書館」讓成員們在學生之間流傳一個「三年級升學考試疑似將有集體作弊」的假消息，並且由嵐飛所熟悉的不良學生團體們協助散佈，接下來便隱身去進行「聯絡」的作業，尋找某個有力人士作靠山，目的是能在最後將對方一網打盡而不會被反將一軍。

接著，風紀委員會很快的就宣佈開始調查這起事件，並且幾乎是立刻就明目張膽的將呂冠傑列入風紀委員會管轄下，目的就是要引起威脅冠傑的人等高度的警戒。這是放餌。

如果說這次的協同作戰有什麼令曉感到不安的，那就是擔任「圖書館」聯絡人的賴湘吟說話總是有所保留。就連作戰的內容，也因為一個「要騙過敵人，就得先騙過自己人」的理由，曉跟嵐飛也許還才知道不到一半。

不過，目標倒是很快的就上了鉤。

消息放出的隔天，對方馬上就傳訊息約冠傑放學時間在東側教學大樓的屋頂上碰面，還特別強調要乃芯也一起到場。雖然文字中並沒有特別明顯的威脅詞彙，但是大家早就知道，這些人找冠傑再度碰面絕對不是好事。

「接下來，就是正面對決了！」

依照賴湘吟所安排的劇本，曉這時要跟著兩人一同到場。這對她來說簡直是求之不得。

「我是叫你將那個女人也找來，想不到竟然連她也一起來了。怎麼，呂冠傑，你已經全盤脫出了嗎？」

一來到頂樓，曉等人馬上就看到兩個三年級學生已經在該處等著。開口的男生有著魁梧的身材，在賴湘吟做作戰簡報的時候有特別提到這個人，他是主要的嫌疑犯之一，叫做蔡啟豐。他身旁帶著眼鏡的斯文男生名字叫做陳維帆，兩人都是柯建倫的學生。

「那邊那個學妹，我記得我們不是說好了嗎？」陳維帆說，「所以風紀委員長來到這裡是什麼意思？」

「我想來聽聽你們怎麼說。」曉說，順便露出了一副看好戲般的笑容。

其實，接下來已經沒有套好的劇本了，一切都靠曉等人的即興演出。作戰計畫中安排的也只到曉她們與對方會面為止。雖然賴湘吟曾說一切都交給「圖書館」來處理，卻沒想到對方竟然那麼快就出招，也不知道「圖書館」方面到底準備好了沒有，但是又不能貿然的拒絕或是延遲會面的時間。

在曉無畏的笑容底下，她的心中正充滿了不安。

「說什麼？我們跟妳應該扯不上什麼關係才對。」陳維帆說。

「本來是扯不上關係。但我覺得你們跟劉勝德的淵源應該還滿深的，而且跟這次的升學考試也很有關不是嗎？」曉故作鎮定的擺出了一張高深莫測的笑容。她也注意到隨著自己的話，陳維帆瞪向了冠傑跟乃芯。

「你不必看她們，其實我們早就調查到一些東西了，雖然證據不夠充分，但是至少還能夠抓出一些人來。」

這時，曉等人的身後傳來了聲音。

「妳少在那裡故弄玄虛，風紀委員長。」

那是林有達跟幾個簡報中沒提到的三年級學生，共有四個人。

「她們後面沒有跟著別人，我們確認過了。」

林有達這麼說著，並且順手將通往屋頂的大門關上。現在人數是二比一，如果要論武力，曉本身應該是佔上風，不過冠傑跟乃芯看起來並不像是能打架的樣子，而且對方都是男生，情勢上很明顯的不利。

不知道賴湘吟準備的是什麼計策，只希望是個能夠破解現在劣勢的計謀。

「我沒有故弄玄虛。」為了盡可能的拖延時間，曉繼續開口，「上週我們早就把這兩件事情連上了，而且也在相關人士的通聯記錄裡面找到跟這件事情有關的紀錄。不過我倒是沒想到會查到你們頭上。畢竟，我本來這輩子都沒想跟你們打交道的。」

曉的話很明顯的讓其中的幾個三年級生變得有點不悅，不過帶頭的蔡啟豐倒是顯得相當鎮定。

「妳說查到我們頭上，是什麼事情？」

「那還用說，當然是升學考試作弊的事情。」

不過曉這話一出，倒是引來了不少的笑聲。

「哈哈，作弊？像我們這樣的學生哪需要作弊？風紀委員長，妳也是成績很好的人，不會不明白這個道理吧？」陳維帆笑著說。

「哈，這我當然知道，我說的可不是平常那種作弊。」曉看著這群自以為是的三年級生，刻意伸出手擺出了一副挑釁的姿勢，繼續說著：「平常的作弊是用小抄、或是偷看別人的答案。更有組織性一點，就是互相通知彼此的答案。不過這種方式用在你們這些成績本來就很好的人身上，不但只是平白無故增加違規出局的風險，而且得到的答案也不一定是正確的。」

「所以要怎樣才能拿到最好的成績呢？簡單來說，要是能一開始就知道考試的時候會出什麼題目，先做好準備、記住答案，那麼等到考試的那天，除非有什麼意外，不然成績最好的，想必就是早就知道考題的人了，對吧？」

「妳這是……」聽了曉的話，三年級生們面面相覷，陳維帆似乎開口想說什麼，但是卻被曉給打斷。

「先知道考題，這種行為跟作弊有什麼兩樣？明明靠自己就能拿到高分，卻想用這種方式贏過更多的人，來滿足自己的虛榮心嗎？做出這種行為，還敢稱自己是精英嗎？」

「妳……妳少在那裡裝腔作勢！」林有達喊著。

「我並沒有裝腔作勢，你這是用錯成語了吧！」

「妳有什麼證據嗎？」一直沒開口的蔡啟豐嚴肅的問。

「證據當然有啦！托我們駭客小姐的福，你們手機通聯的訊息我們都已經截錄下來，雖然有點隱晦，不過你們之中有的人講話比較不經大腦，要從中找到符合邏輯的推論簡直是輕而易舉。」曉嘲諷般的撇頭看了林有達一眼，然後才看向蔡啟豐，讓站在她身後的林有達似乎有點生起氣來。

「妳既然說有證據，那就拿來看看啊！」他喊到。

「我哪有可能給你們看啊？這裡是頂樓，你們隨手一丟就被風不知道吹哪去了，我沒那麼笨好嗎？東西當然在風紀委員會那邊。既然都知道你們是嫌疑犯，他們兩個是我們的證人，我當然不可能傻里傻氣的過來任人擺佈啊！」曉雙手一攤，聳了聳肩。

「真要說起來，我也算是來談判的。其實就像我一開始說的，我們手上的證據不算多，頂多只能抓出其中某些人來。我想你們自己也知道是哪些人比較活躍，那幾個一個也跑不掉。」

「那妳說談判是想怎樣？」蔡啟豐問。

「辦案調查片有沒有看過？我想跟你們談犯罪協商。如果你們肯把所有人都供出來，等到事情到警方手中之後，我會把你們列為協助調查的人，我想這次的校內直升考試應該是沒辦法了，不過至少可以去參加一般大學的聯合招考。你們本來就是成績好的人，即使參加聯考成績也不會太糟，沒必要跟自己過意不去吧！」

曉說著，微微地低下頭，再度露出一開始那張看起來高深莫測的笑容，同時暗自佩服自己能夠把這場明明連計畫都沒有的會面講成一場談判。而四周的人們也似乎都被曉的話給嚇到，各個不是緊張就是擔心，就連一直都顯得很鎮定的蔡啟豐，現在也皺著眉頭。

「妳到底……想要什麼？」好像猶豫了很久，蔡啟豐終於開口問了。

「我需要你們指證主謀，也就是慫恿並且協助你們拿到考題的人，我想大家都知道我說的是誰。我也別說的太直接，反正，雖然我們手上已經有證據可以證明那個人知道這件事情，不過沒有辦法很直接的指出他就是主謀。當然，我還需要所有參與人員的詳細名單，跟我們合作的人我們會特別標示你們雖然是共犯但是有協助調查，請警政單位從輕看待。」

「妳……妳這女人不要一直在那邊什麼共犯的，少把人當笨蛋，我們才不會相信妳咧！」

講到這裡，林有達失聲的大喊起來，讓所有三年級生都被嚇了一大跳。他的情緒明顯顯得相當失控，這對曉想要導向的情況來說，是個好的徵兆。

如果這些嫌犯馬上就答應合作，那當然是最好的狀況，不過她打一開始就覺得，這些人不會那麼輕易地就束手就擒。所以只要局勢變得愈混亂，時間就能拖得愈長。

只不過這樣一來，需要防範的狀況也就愈多了。

「還有，妳剛剛說什麼……說什麼劉勝德，他關我們屁事！妳也沒證據，就想把罪狀往我們身上貼，妳是把我們當白痴嗎？」

「我有說沒證據嗎？」

曉笑了笑，轉身過去面對林有達。其實這幾天以來，有了來自乃芯等人的新情報，風紀委員會那邊便把劉勝德墜樓事件的各項紀錄重新檢視了好幾次，也從中找到了一些全新的推測跟證據。

只要能將這些證據全都連結起來，即使不用這些人作證，也有機會能將主嫌繩之以法。

只要能把手上的線索都連結起來。

「你們非常聰明，用了很隱密的障眼法來誤導我們調查。」曉回頭看了蔡啟豐一眼。

「我一開始還以為，醫院報告裡面那個疑似是從四樓墜樓的項目沒有任何意義，其實那才是這件事情的關鍵。畢竟我們一再的檢視監視器，在早上五點多的時候走上頂樓的就只有一個人，所以我們一直以為那個人就是劉勝德。其實，那個人並不是他，而是假裝是他的你，蔡啟豐。」

此話一出，身材魁梧的蔡啟豐顫了一下。

「畢竟，你們的身材相當相近，走上頂樓的人影又帶了帽子，根本難以分辨臉部特徵。」

「那……那妳說，劉勝德是從哪裡掉下去的？」林有達問。

「他是從四樓的三年級導師辦公室被丟下去的。」曉說著，輕嘆了一口氣，左右看了看那些三年級生有些慌張的表情，就知道風紀委員會的後續調查並沒有錯。

「當初就是因為懷疑到這點，所以我們開始調閱其他地方的監視影像，發現案發前一天大概晚上八點左右，你們之中有一群人走進三年級的導師辦公室。我有特別去調閱導師辦公室的監視影像，卻發現這陣子那間辦公室的監視器根本是故障的，這就讓我更懷疑了。」

「所以我們非常仔細的看過進出導師辦公室的那個監視器，最後發現當初進去的學生數量，跟出來的時候並不一樣。總之，雖然我不清楚你們是怎麼下手的，但是那個被留下來的，應該就是劉勝德吧！」

語畢，曉再度往四周看去，這群三年級生全都啞口無言，這讓她更加肯定自己這段時間的調查與猜測全都沒有白費功夫。

只差一點。還差一點！

「發現了這一點後，我們當然也看過隔天早上的影像。有個人比起那個登上頂樓的身影更早進入了導師辦公室。早上五點，這麼奇怪的時間點。那個人……」

「妳是想說，那個人就是我，是嗎？」

隨著這句話，通往頂樓的大門倏地被打開，而出現在門後的，竟是柯建倫。

「老師！？」三年級生們紛紛驚訝得說不出話來，但是柯建倫並沒有把他們放在心上，而是兩眼直勾勾的看著就站在他面前的曉，一臉嚴肅的表情。

「是啊！沒錯吧，柯老師？」但是曉不改笑意，依然是一臉鎮定。

「是啊，沒錯，那個的確是我。」

「老師！」

聽著柯建倫的話，他的學生們非常的訝異。曉看這情勢，本來以為萬事具備，想不到柯建倫反手將門用力甩上，惡狠狠的瞪著的，不是他眼前的曉，而是自己的學生們。

「閉嘴！」他大吼：「你們這群白痴，事情在你們手上都能搞砸，虧你們還是我的學生，一個東方曉就把你們唬得一愣一愣的。從現在開始你們一句話都別給我說，誰敢亂插嘴，我立刻就把他除名。」

隨著他的吼聲，他的學生全都傻在原地，也不知是太過訝異，還是單純聽命行事的閉嘴而已。但是曉也明白，接下來的情勢已經跟剛才完全不同。主導權現在已經落到了柯建倫手上。

「很聰明，東方曉。非常聰明。我這些只會讀書的學生，在妳這樣的人手上竟然馬上變成笨蛋，我也真是輸給妳了。」柯建倫伸手輕撫額頭，一副無奈又頭痛的表情。

「但在我面前，妳的花樣也不過就這樣而已。妳看，這東西是不是很眼熟啊？」他將兩個已經被拆爛的小型機械丟到地上，「這是剛剛才被我拆下來，裝在門板後面的小型攝錄影機。我沒想到你們竟然會用這種小花招，不錯，非常不錯。很棒的小聰明。真是夠了。」

「還有，妳那三寸不爛之舌也表現得很好，這些傢伙差點全給妳騙到。妳們會用攝錄影機就是最好的證據，證明妳們手上的證據其實根本還證明不了什麼。只要有錄音錄影，就算現在被騙承認，事後想反悔也沒用，這就是妳們打的主意吧？」

柯建倫說著說著猛得一腳就往那些攝影機的碎片踩，露出了猙獰的表情。

「我呢，我才沒那麼好騙。你剛才那些耍小孩子的把戲我才不會上當。我的學生什麼都沒做，既沒有作弊、也沒有打算作弊，更沒有拿到什麼升學試題。我們也沒有傷害劉勝德，他為何會跳樓我不知道，反正跟我們無關。」

聽了柯建倫的說詞，曉就知道剛才的計畫已經泡湯了。雖然她不知道「圖書館」那宛如預知一般的攝影機是什麼時候裝上去的，但是從這行動看來，賴湘吟似乎有預料到對方會約他們在東側教學大樓的頂樓碰面。從之前她那高深莫測的樣子來看，或許她的計策不只有這樣而已。

還得再堅持下去。一定有機會可以撂倒對手。

「那麼你能解釋你那天為何那麼早到校嗎？」事到臨頭，曉決定繼續跟柯建倫糾纏下去。

「怎麼，我不能早點來學校備課嗎？這種事情應該不用跟誰報備吧！」

「所以你的意思是，因為你很認真的在備課，所以你的學生從你眼前的窗戶掉下去你並沒有看到囉？」

「妳這是什麼話？我當然很認真的在備課。況且就算我恰巧看到什麼，我也不可能認出那個人就是劉勝德吧！」

「那走上頂樓的蔡啟豐又該怎麼解釋？」

「妳能肯定那個人就是啟豐嗎？妳才剛說過，走上樓梯的人帶著帽子，難以分辨臉部特徵，妳又怎麼能肯定是他呢？」

講到這裡，曉輕嘆一口氣。看著眼前的柯建倫，她明白這個男人只會跟自己辯解到底，完全沒有方法能夠說服或是誘導。但是從事實來看，我方這邊確實是沒有證據能直接指證眼前所有的嫌犯，頂多只能以恐嚇的名目對其中幾個人申請懲戒。這樣一來，如果就到此為止，不但會讓這些人成功逃過一劫，相關的人也都可能會有危險。

「哼……」想著想著，曉突然想到了繼續與對方糾纏的方法。「那麼，為何你的學生要恐嚇他們？」

曉伸出手，比向冠傑跟乃芯。

「恐嚇？」柯建倫疑惑了一下。

「你自己問你的愛徒吧！」

語畢，曉看著柯建倫轉頭瞪向自己的學生，那個眼神，曉從中看見了一絲的疑惑。

難道威脅冠傑跟乃芯一事，柯建倫不知道嗎？不，他不可能不知道。但是有可能他不知道詳情，或者是說他所聽說的內容中，並沒有涉及『恐嚇』一詞。

但是他的表情變化之快，卻讓曉始料未及。

「哼，算了。反正那也只不過是個一般的學生風紀事件，等到你們把資料都準備齊全了再來找我吧！現在我們可以走了嗎？」

說完，他轉身過去抓住了門把，回頭瞥了一眼自己的學生們。曉也明白他的意思，但沒想到他竟然這麼乾脆的對自己所說的話不理不睬。

眼見這個男人打算就這樣揚長而去，曉心急如焚，正想說些什麼，卻聽到來自所有人身後的一句話。

「哈哈哈哈！柯建倫，你現在想逃也已經來不及了！」

那是賴湘吟的聲音。

最後的賭注

隨著從屋頂旁傳來的聲音，所有的人都愣住了。這時出現在四周的，是幾位手持攝影機的學生，每個學生的肩膀上都別著象徵學園的肩章。而位在大門正面的那個女生面前，還放著一個小型的擴音喇叭。

「一切早就都在我們的掌握之中。」擴音器中傳來了湘吟的聲音，肯定而充滿著挑釁的味道。

「妳是誰？」柯建倫見狀，似乎一時之間也相當詫異。他左右張望著，似乎想要找到聲音的主人是誰。

「我是誰並不重要，你只要知道，在你跟你的學生與風紀委員長糾纏的期間，我們已經掌握了充分的證據，證明你們的罪行。」

「什……什麼罪行？妳也想跟這個小鬼一樣污賴我們嗎？」柯建倫聽著湘吟的話，一邊吼著，一面露出了一副無畏的神情。「沒有證據就想要含血噴人，到時候遭殃的只會是你們而已。」

「哼，你嘴硬也沒有用。我們已經從你的電腦中查到試卷的檔案，還有在你的隨身碟中復原了被刪除的紀錄，你們使用通訊軟體的通聯紀錄也已經申請下來，而且也在你的檔案櫃裡面找到已經印出的升學試題。你還有什麼想要狡辯的，你可以說說看。」

「你……你們這是……」湘吟的話讓所有人震驚不已，柯建倫的學生更是驚恐的彼此互看，有的瞪大雙眼、有的張大嘴巴，各個傻在原地，不知如何是好。

「你們這是違法搜查吧？」

「哈哈，我還以為你想要說什麼。我們早在昨天早上就已經通知了學校的董事會，申請『重大違規與弊案舉報』，並且將我們手上已有的證據作成簡報。因為同時涉及考選弊案以及刑事案件，昨天下午他們就同意以學校的名義報案並且以警方的名義蒐證，因為你的電腦跟櫃子都是學校資產，在學校的同意之下搜查並不違法。」

「妳……妳……」

「還有，你櫃子裡面的麻醉藥跟上面沾有劉勝德唾液以及頭髮的黑布也都被我們找到，剛剛鑑識結果已經出來了。我本來以為你沒那麼笨，結果沒想到你竟然真的把那種東西收在櫃子裡面。教職員室監視器被折彎的線上面也找到了你的指紋，在最靠近邊緣的窗沿上還找到了劉勝德的血跡，應該是被你丟下去的時候撞傷的。你們眼前的攝影影像正在校務會議室裡直播，幾乎所有的重要人士都坐在裡面，警察也已經在路上了，你們是逃不掉的！」

隨著湘吟的話，乃芯及冠傑全都安心了下來，曉也露出了勝利般的笑容。而三年級生們則是各個露出了不同的表情，有的驚恐的佇在原地，有的則是沮喪的跪坐在地，就連柯建倫也是完全傻住，兩眼直勾勾的瞪著面前的攝影機，卻一句話都說不出來。

「順帶一提，最令我意外的應該是你竟然沒有跟別的老師合夥。想不到你的自尊心竟然強到這種地步，我本來都準備好要對付你有可能會有的同夥，沒想到竟然白忙一場呢，哈哈哈哈！」

「閉嘴！」

突然間，一聲巨大聲響劃破天際，伴隨著憤怒的吼聲，眾人眼前的小型擴音器在一瞬間就化成碎片，在它後方的女學生也一瞬間就倒了下去。所有人緊張的想知道是怎麼回事，卻看到林有達不知從哪裡掏出了一把手槍，正指向剛才女學生倒下的地方。

「閉嘴……都給我閉嘴！」他激動得全身都在顫抖，劇烈到令人不禁懷疑他剛才是怎麼準確的打中擴音器。但是毫無疑問的，他的眼中現在正佈滿了血絲，顯示他的情緒現在相當失控。

「媽的……完了，一切都完了。」他嘀咕著，所有人都驚恐的盯著他。

「我就知道，什麼升學考試，什麼榜首的，現在全他媽完蛋了。就是你，明明不用搞這個我們成績也很好了，一直執著什麼榜首榜首的。」他將槍口指向了柯建倫，「還有你們，每個都把我當白痴，是嗎？」

說著，他著槍一邊亂揮，一邊掃視了一圈，掃視了在場的所有人。最後，槍口停在了曉等人的前面。

「對……對……尤其是妳，是你們……」他顫抖著，將槍筆直的指向了曉，「要是沒有你們出來搗亂，事情根本不會變成這樣！」

「有達，你別衝動！」

柯建倫在林有達的身後大喊著，但是他卻好像沒有聽見一樣，往曉等人走近了一步。

「你們……你們為什麼要多管閒事？明明就跟你們無關……」

「怎麼會跟我們無關？」但是，曉彷彿毫不害怕的向前了一步，「你們考試打算作弊，怎麼可能與別人無關？你們把一個人活生生的丟下樓，怎麼可能與別人無關？」

「那是他自己愛多管閒事！」他大吼。

「你做好你的事情，不要礙到別人，才有資格說別人叫做多管閒事！」

曉吼了回去。

「像是這種事先知道題目會出什麼的事情，就連最不重視成績的人都能夠輕易拿到高分。你們還敢說自己是精英，難道都不覺得可笑嗎？」曉一邊說著，一邊再度前走去，「你們把時間用在記住這些已經知道的題目，然後把省下來的時間用來對付抓到你們作弊的人，明明自己不對在先，還怪到別人頭上，還真是高尚啊！」

「住口！妳給我住口！」

「我住口你的罪行難道就會自己消失嗎？你現在拿著這玩意兒在這裡胡亂揮舞，難道不是只是徒增自己的罪行而已嗎？」最後，曉停下了腳步，兩人相距只剩一步，而那一步的距離，正被林有達舉著槍的手給填滿。

「我不是叫妳住口嗎！？」

隨著林有達的怒吼聲，他憤怒的將槍口指向曉的頭部。那一瞬間，時間彷彿停止了，但也在同一瞬間，一道閃光劃過了兩人之間，伴隨著巨大的聲響，讓所有人都嚇出了一身冷汗。

那聲巨響是通往屋頂的大門被打開的聲音，嵐飛帶著一群人衝上頂樓，似乎是希望能即時阻止林有達的衝動。不過，這一切似乎都已經被曉給預料到，就連剛才林有達的行動都在她的計算之中。

林有達手上的槍被曉一個揮手給擊落、掉到一旁。不過剛才的衝擊之大，似乎也讓手槍撞擊走火，地板上有著明顯的痕跡，所幸沒有擊中任何人。

在這一瞬間的變化下，除了槍被擊落之外，林有達還被開門的聲音給嚇到，一時之間搞不清狀況，曉便趁隙一個跨步朝著他的肚子補上一拳。緊接著一聲悲鳴，林有達就倒了下來，痛得在地上打滾。

「唉……妳竟然……」

嵐飛看到這一幕，大大地嘆了口氣，走到旁邊把那把手槍踢開到更遠的位置去。眾人也終於從緊張中緩解下來，幾乎所有人都跌坐在了地上。

跟著嵐飛來到屋頂的，除了這次調查參與協助的幾個人之外，連先到的警察也跟著上來了。這表示大夥兒的調查正式結束，接下來就要進入警調的程序。

這時，曉注意到乃芯跑上前去檢查那個好像被開槍打中的女生，便馬上跟了過去。

「沒事吧？」曉遠遠看了一眼，地上沒有血跡，應該沒有大礙。

「看來只是擦傷，真是不幸中的大幸。」乃芯看著躺在地上苦笑的夥伴，那從腰間被劃開的制服底下，只有一絲絲的血痕，就安心的嘆了口氣。

「看來，事情就到這裡告一段落了吧？」嵐飛走了過來，一邊回頭看著後面那幅柯建倫被戴上手銬的畫面，表情中道盡了無奈與嘆息。

「是啊！雖然我們可能還有協助提供證據的工作在，不過事情到這裡真的是告一段落了。如果賴湘吟的計策與調查沒有缺失，這次協助調查的人們與相關人士應該也都會是安全的了吧！」曉看向乃芯，然後再回頭看了也一樣坐倒在地上的冠傑一眼，忍不住苦笑了起來。

「我真沒想到妳能在那樣的狀況下冷靜的將對方繳械，真的是很厲害呢！曉同學。」乃芯看著曉，露出了崇拜的眼神。

「唉呀，那是……」曉搔了搔頭，「其實我也是有點在賭啦！我賭他沒在氣頭上不敢開槍，所以才趁著跟他說話的空隙走過去。人只要情緒一激動，動作就會特別大，其實他原本那個姿勢開槍就能打中我了，但是因為生氣的關係，他硬要把槍對準我的頭，那就是我的可趁之機了。」

「妳這也賭太大了吧！」嵐飛吐槽。

「至少大家都沒事，這樣就好了。而且我也學過怎麼對付持槍的人，所以有在注意他有沒有要扣板機的動作啦！」

「妳武術到底是學到了什麼程度啊……」

「哎喲，那不是重點啦！反正大家都沒事就好了。」

「是呀！大家都沒事就好了。」

曉與嵐飛一同抬起頭，看著望向遠處，一邊微笑、一邊淡淡這麼說著的乃芯。兩人順著她的視線望去，看到在對面大樓的屋頂上，湘吟正站在那兒，對著大夥兒豎起拇指，不禁也笑了出來。

所有人相視而笑。

順利逮捕了主謀柯建倫、揪出作弊者、大夥兒也都平安，這是最好的結果了。

終曲

幾天後某個晚上，在燒肉店的包廂中傳來了一陣歡樂的氣氛。終於將案件結束的一行人，相約來到已經從梅小組隊長位置退役的蔡欣澄家裡開的燒肉店開慶功宴。

而且不只是這次幾個最核心的人而已，連冠傑的妹妹郁柔以及她的同學怡涵也都受邀一起來參加宴會。畢竟郁柔也是差點被捲進事件中，乃芯堅持要冠傑邀請她一起來，算是一個賠罪。

「原來哥哥竟然在做那麼了不起的事情！」郁柔跟怡涵聽了這次事件的原委後，都驚訝的看著冠傑。

「我……我只是，我也只是剛加入，幫了點小忙而已。」

「你可別這麼說，你的加入真的是幫了我們大忙。」乃芯微笑著稱讚到。

「沒錯。雖然一開始就猛衝然後大暴死，但是你這次的貢獻也不小。能夠剛加入就參與那麼大的案子並且提供這麼有力的貢獻，你可是前景看好喔！」湘吟賊笑著看著冠傑，然後瞄了一眼怡涵，「而且先解決了一個個人事件，又解決一個大事件，看來你已經是某人心目中的男子漢囉！」

「才……才沒有那種事情呢！」冠傑被湘吟這麼一說，看向臉頰有些泛紅的怡涵，馬上也羞紅了臉。

「反倒是另外一組……」曉輕聲的說著，看了看嵐飛、又看了看乃芯。

「另外一組什麼鬼？」嵐飛瞪了她一眼，馬上動起筷子吃起東西。

「不過，『圖書館』是個好了不起的團體喔！」郁柔看著乃芯這麼說到。

「其實也沒有什麼了不起的啦！」

「不，其實真的很了不起喔！」聽著乃芯的回應，一個說話的聲音、伴隨著拉門的聲音近到了包廂中。那是蔡欣澄，已經退役的前任梅組組長。

「隊長！」

「我已經不是隊長啦！」蔡欣澄看著眼露崇拜光芒的乃芯，傻笑了一下，「『圖書館』真的是一個很棒的團體，不但是資訊的守護者，也有時候會像這樣需要站出來擔任正義的守護者。如果說妳們很嚮往這種事的話，等到升學之後，可以去找乃芯隊長，她一定不會拒絕妳們的。」

「學姐，妳就別損我了！」

「那如果想加入風紀委員會，曉學姐也不會拒絕嗎？」郁柔轉頭看向曉。

「當然囉！只要妳們對維護學園秩序與保護同學們的安全與和諧有興趣，我隨時歡迎妳們。」

「太棒了！可是這樣一來，要加入哪個就太讓人猶豫了。」

「哈哈哈！你們可以一個人加入『圖書館』，另一個人加入風紀委員會啊！這樣一來就能互通有無了不是嗎？」欣澄一邊大笑一邊說著。

「妳當這是政治聯姻啊？」湘吟吐槽。

「都沒人看重學生會嗎？」嵐飛輕聲抱怨，曉卻用手肘頂了他一下。

「哈哈！就算沒人提到學生會，你也可以先『政治聯姻』一下啊！」

嵐飛看向曉，卻發現她的視線落在了乃芯身上。他回過頭，看見不只是乃芯，而是所有的人都看著自己，突然之間臉就紅了。

「喂……這是怎麼回事？幹麼突然就……」

「哈哈！看來在這個學園中，『事件』還真是沒完沒了啊！」

「哈哈哈哈！」

在湘吟的吐槽中，大夥兒都笑了。

謎 02

追尋真相：學園的偵探們

作　　者　神代棻凪，十六夜嵐
出 版 者　大拓文化事業有限公司
執行編輯　許安遙
封面設計　林鈺恆
內文排版　姚恩涵

總 經 銷　永續圖書有限公司
劃撥帳號　18669219
地　　址　22103 新北市汐止區大同路三段一九十四號九樓之一
TEL　(〇二)八六四七—三六六三
FAX　(〇二)八六四七—三六六〇
E-mail　yungjiuh@ms45.hinet.net
網　址　www.foreverbooks.com.tw

CVS代理　美璟文化有限公司
TEL　(〇二)二七二三—九九六八
FAX　(〇二)二七二三—九六六八

法律顧問　方圓法律事務所　涂成樞律師

出 版 日◇二〇一八年七月

國家圖書館出版品預行編目資料

追尋真相：學園的偵探們 / 神代棻凪，十六夜嵐著.
-- 初版. -- 新北市：大拓文化, 民107.07
面；　公分. -- (謎；2)
ISBN 978-986-411-075-9(平裝)

857.7　　107007839

謝謝您購買 追尋真相：學園的偵探們 這本書！

即日起，詳細填寫本卡各欄，對折免貼郵票寄回，我們每月將抽出一百名回函讀者寄出精美禮物，並享有生日當月購書優惠！

想知道更多更即時的消息，歡迎加入"永續圖書粉絲團"

您也可以利用以下傳真或是掃描圖檔寄回本公司信箱，謝謝。

傳真電話：（02）8647-3660　　信箱：yungjiuh@ms45.hinet.net

☺ 姓名：＿＿＿＿＿＿　□男　□女　□單身　□已婚

☺ 生日：＿＿＿＿＿＿　□非會員　□已是會員

☺ E-Mail：＿＿＿＿＿＿　電話：（　）＿＿＿＿

☺ 地址：＿＿＿＿＿＿

☺ 學歷：□高中及以下　□專科或大學　□研究所以上　□其他＿＿＿＿

☺ 職業：□學生　□資訊　□製造　□行銷　□服務　□金融

□傳播　□公教　□軍警　□自由　□家管　□其他＿＿＿＿

☺ 您購買此書的原因：□書名　□作者　□內容　□封面　□其他＿＿＿＿

☺ 您購買此書地點：＿＿＿＿＿＿　金額：＿＿＿＿

☺ 建議改進：□內容　□封面　□版面設計　□其他＿＿＿＿

您的建議：＿＿＿＿＿＿

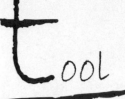